谁的爱情不是九死一生

沈诺夕 著

中国出版集团
现代出版社

每次经历离别，
听到最多的安慰就是：
“没关系，前面还有更好的”，
可你知道，你怕的不是遇不到，
而是忘不了。
oooh...

SHUI DE AI QING

BU SHI

爱过他，

是越过千山万水的那种“过”，

是一起感受过美好时光，

也一起熬过了所有困难时刻的那种“过”，

是下定决心放过他，

同时也放过自己的那种“过”。

JIU SI YI SHENG

SHUI DE AI QING

BU SHI

@

就算一直没有相爱的运气，

也早该掌握了进场的礼貌和退场的姿态。

先承认喜欢并不丢脸，

没有被选择也别再追问。

毕竟，爱不是一件羞耻的事，

我爱过你，

我爱得起。

JIU SI YI SHENG

谢谢你
把说分手的机会
留给了我，
好像我
真的有
选择权
一样。
what? why?

maybe:)
有些人，你已经忘了，
但输入法还记得。
晚安……
@ $ %

SHUI DE AI QING

BU SHI

念念不忘，

是因为当年有太多不甘。

因为当年没好好爱过，

因为那句爱没说出口，

所以才总是不甘、不忘。

所有未完成的心愿，都会化成执念。

所有未尽的爱，都是执念。

JIU SI YI SHENG

SHUI DE AI QING

BU SHI

@

没必要非拉拉扯扯，

把一段好时光洒满了你推我搡撕来撕去的狗血，

才唾骂着离开。

既然已经陪伴着走了这么久，

遗憾有，难过有，深夜痛哭有，

但彼此诋毁不该有，互相中伤更不该有。

JIU SI YI SHENG

有些感情纠缠久了，
到后来你已经分不清楚，
到底你是要爱，
还是要赢？
when? who?

那时，总是喜欢追问，
然后呢？没了吗？
现在才知道，不是每个故事，
都有然后。

前 言
PREFACE

米兰·昆德拉说：“这是一个流行离开的世界，但是我们都不擅长告别。”

每一次说再见，就死去一点。人的一生，就是一次和世界从相逢到告别的过程。为了让我们在离开之前没那么害怕，它前面还有几次小的告别，让我们先预演。你会跟你的青春告别，会跟你的亲人告别，也会跟你曾经的爱情告别。

人生就是一次次地告别，遗憾的是我们从未学会让告别完美。

世间的爱情都大同小异，相遇又离开是每天都在上演的故事。

SHUI DE AI QING

BU SHI

%

你不是忘不了他，是不肯放过自己。

通过不断舔舐伤疤，

你好给自己打造一种念旧且深情的幻觉。

但你甚至都不爱自己啊。

默默流泪，行止颓废，

连日常生活都宁可放弃。

一个连自己都不肯体恤的人，

又哪里值得别人的爱呢。

JIU SI YI SHENG

有些人，只知道一见钟情，却不知道如何写好故事的结尾。爱得死去活来，爱得没他不行。最后因放不下而止于恨，唯独不懂感激。有时只是一句话而已，可就是说不好。

很多人在离别时，总要闹到鱼死网破才罢休。最后一句话常常是：从此你走你的阳关道，我过我的独木桥。说过这句话的人，多年以后回想起来，总会有几分悔意。

挫败也好，伤害也罢，都会成为过去，可怕的是别人或许伤害了你的一段感情，你却绑架了自己剩余的时光。无论你伤害了谁，就长远来看都是伤害自己。或许你现在并没有察觉，但它一定会绕回来。

伤害都是有了你的允许才发生的。执念像一把锯子，不断地在你心上拉扯，而紧紧握着那把锯子不放的人，正是你自己。别再纠结那些看似突兀的结局了，那只是每段关系、每件事物的宿命。

你可以有一段不如意的爱情，但不能放纵自己荒芜人生。没必要非拉拉扯扯，把一段好时光洒满了你推我搡、撕来撕去的狗血，才唾骂着离开。既然已经陪伴着走了这么久，遗憾有，难过有，深夜痛哭有，但彼此诋毁、互相中伤不该有。

聊天记录别截图，
你会发现，两个人从无话不说到
无话可说的过程，
你根本承受不起。

真正的爱不是纠缠，是成全，是放过，是既然你不珍惜我，那我就去寻找值得的人，是我希望你找到自己的幸福。

人生总是充满着不请自到和不告而别，就像花开花落，你遇见的那个人也是。爱情这件事，不是得到，就是学到。虽然你们没有相伴走完一生，可你也并非一无所获。

能够在茫茫人海中遇见都是幸运的，所有不再钟情的恋人，渐行渐远的朋友，不相为谋的曾经知己，都是当初你自人海中独独看到了他，如今，你只需再将他好好地还回人海，如此而已。

你捂着自己不再完整的心说结束，用尽最后一丝力气道再见，你让哭腔卡在喉咙里，把泪水遏制到眼眶。我知道你的痛已经到了极限，可是故事的结尾必须这样。

你做得很好，你很坚强、很勇敢。别说你已经不敢爱，别说你已经怕爱，别说你已经没有力气去爱了，更别说不相信爱了。

爱过的每一个人，都从本质上改造了你。你做过的事、发过的疯、犯过的傻和流过的泪，你以为只是感动了自己，其实，这感动也给了你很大的力气去变成一个更好的人。

爱情这条路，幸运的人可以走一辈子，谁也无法保证能陪你到最后。如果有一天不得不走，那就真心地说再见，能笑着道一声谢谢，也希望终究要分开的人，不必怨怼，不必啼哭。

世上有太多的事与愿违，后来唯一可以留给彼此的，不过只是一句祝你幸福。人和人之间最大的圆满，不是永远不分离，而是不再有拖欠的告别，更是不再有记挂的终于了结。

给故事写一个美好的结尾，是对故事里的人，也是对自己的善待。就算结局无法改变，也要笑着轻声说再见。

多年之后再相逢，你们之间一定没有恨意。至少在相爱的那些时光里，彼此坦诚、真挚；至少你们怀着对未来的期望共同走过了一段路；至少回忆起来，没有遗憾和苦涩。

世上所有相遇都有它的意义，有些人相遇就是为了告别。对苦痛释怀，对美好存念，这大概就是离别之于人生的全部意义。

你值得遇见更好的人，但在那个人出现之前，你一定要变得美好。这世界上的爱情都很势力，你可以为一个人卑微到骨子里，但没有人会爱这样卑微的你。

年轻的时候爱上什么人都不为过，即使这份爱有遗憾或者空缺。

重要的是拥有爱的能力，再遇见爱情，还能抱有初心，不为别人将来的感激，只是要对得起自己。

当你全心全意爱过一个人，感受过那种真情付出的感觉，就是爱情给你最大的回报。

目录

Contents

CHAPTER • 1

在分别的十字路口，请你说声谢谢

很多缘分都是此时此刻，定时定量，到了时候，总是要走的。不能携手过一生确实很可惜，但是，有这样的人曾经出现过，是不是也应该庆幸呢？

014 爱是目送你的背影渐行渐远

018 你如今的美好，也有他的功劳

022 很多关系不用风吹，自然就散了

026 被爱的人不必道歉

030 谢谢你曾是我最美的心事

034 他曾经在场，当时只道是寻常

039 给记忆留下一个美好，也是对自己的善待

043 所有回不去的良辰美景，都是举世无双的好时光

047 最好的爱是深情而不纠缠

Contents

CHAPTER • 2

告别和告白，都需要勇气

每一次告别，最好用力一点。多说一句，可能是最后一句；多看一眼，可能是最后一眼。

065 在天长地久之前，我们要学会如何分开
069 我错了，我曾以为付出自己就是爱你
073 总有一个人住在心里，却消失在生活里
077 世上没有未完的故事，只有未死的心
081 所有的告别，都是对自己的告别
085 得不到的人总归是风，强求千百次也终究会走
089 最好不要让那结尾，夺走了故事的光芒
093 爱上是水到渠成的执迷，放手是自知分寸的应当
097 告别错的人，才能和对的人相逢
101 爱就疯狂，不爱就坚强

目录

Contents

CHAPTER • 3

无论人生重来多少次，总会有遗憾

没有遗憾的人生是不完美的。这世上，没有能回去的感情，就算真的回去了，一切也已经面目全非。

118 世间所有的感情都不负曾相爱一场

122 善良，是为自己留下的路标

126 人生没有白走的路，每一步都算数

130 你用离开的方式教会我珍惜

134 这世界，没有能回得去的感情

138 有些爱只能止于唇齿，掩于岁月

142 无论人生重来多少次，总会有遗憾

146 心里装着你，想念就很美

150 我会记得你，然后爱别人

Contents

CHAPTER • 4

愿你依然敢爱，像不曾受伤一样

人生最大的勇敢，就是经历过离别，还能保持信任和爱的能力。

165 好的爱情可以让你活成自己喜欢的模样
169 愿你依然敢爱，像不曾受伤一样
173 不过分期待，你会更快乐
177 余生很长，不必慌张
181 不能因为贪恋月色的美好，而一直徘徊于黑夜中
185 我想把蓄谋已久的自己交给你
189 你爱过的人成就了你
193 爱情有风险，需要你勇敢
197 爱情，本来就是一件宁缺毋滥的事
201 每一场开始，都带着结束的味道

目录

Contents

CHAPTER • 5

你想要的美好，终会如约而至

每个人都有属于自己的一片森林，迷失的人迷失了，相逢的人会再相逢。所有的错过和过错，只是这个世界对你温柔补偿的序曲。

217 总有一个人会是你的特别幸运

220 你想要的美好，终会如约而至

224 遇见一段美好，从此铠甲离身

228 世间所有的相遇都是久别重逢

232 爱情会迟到，但从不会缺席

236 每一种孤单，都因一次相遇不药而愈

240 等得很苦，却从不辜负

244 春夏秋冬该很好，因你尚在场

CHAPTER • 1

在分别的十字路口，请你说声谢谢

很多缘分都是此时此刻，定时定量，
到了时候，总是要走的。
不能携手过一生确实很可惜，
但是，有这样的人曾经出现过，
是不是也应该庆幸呢?
你曾经因为他有过那么甜蜜的心跳，
那么幸福的憧憬，
那都是苍白平凡的人生路上最绚丽的风景。

不必怨怼，不必啼哭，
在分别的十字路口，
希望你能有好好道别的机会，
即使要分开，也谢谢他来过。

- One -

这个世界上大部分的爱情，不像电影那么有戏剧性，要么历经磨难修成正果，要么相爱相杀后曲终人散。大多数人的爱情都是波澜不惊的。

林夕说过："喜欢一个人，就像喜欢富士山，你可以看到它，但是不能搬走它。你唯一能做的，就是自己走过去，去争取自己的爱人。"

这个道理柠檬一早就知道了，但是，就像你无法叫醒一个装睡的人，你也根本无法拥有一个不爱你的人 。

宇是大柠檬几届的学长，他们是在毕业后的一次校友会上遇上的。上学的时候，他们有过几面之缘，毕业后，还是第一次遇到。

那天，宇穿着干净的白色 T 恤，低头摆弄着手机，很深沉的样子，柠檬很想俗气地说一句：还是那么帅。

柠檬在上学的时候就对宇有好感，所以，那天，当宇伴着吉他自弹自唱了一首陈奕迅的《人来人往》之后，隐藏在柠檬内心里的爱火瞬间点燃了。

那晚，他们聊了很多大学时候的趣事，也聊了毕业几年后各自的经历、各自的恋爱史。只可惜，快乐的时光总是特别短暂，一个小时后，宇接到电话后，就匆匆离开了。

剩下柠檬一个人独自发呆。大概是宇的白色 T 恤太干净利落，大概她被内心的小鹿撞得脑震荡了，大概仅仅是因为他太帅了……哪怕周围再多人，柠檬感觉只有自己。她沉浸在刚才那些平淡无奇的对话里，脑里不停浮现一句歌词“闭上双眼，你最挂念谁”，没错，就是他。

柠檬不是婆婆妈妈的人，她不允许自己只顾埋头兢兢业业地当着暗恋患者。这种小打小闹的爱情手法，根本配得上自己喜欢的对象。

以前，每次看到偶像剧里的主角不敢表白的时候，她的心里都窝着火。本来早就可以捅破的窗户纸，却偏偏让它待在那里，弄得她抓耳挠腮，替电视剧着急。

所以，她当晚就发动了攻势，在微信里相约见面。软硬兼施，一周后，宇终于答应在咖啡馆见个面。

她知道，这是自己唯一的机会。衣柜里的裙子全部被铺到床上，不行，这个太素，那个也太暴露了，换好裙子后发型又乱掉。哎，这个妆画得不行啊，头发怎么又乱了……

最后，好歹从几套裙子里选了最可爱的一套，头发染了也卷了，还接了假睫毛。出门的时候，她甚至破天荒喷了点儿香水。

终于到了约定地点，约定的时间是四点，从三点起她就开始感到幸福，时间越临近就越感到幸福，到了四点的时候，突然有点坐立不安了。

宇发微信说：临时开会，晚一点到。

她回：等你。

柠檬选的位置是整个咖啡馆最好的位置，她整理了刘海，特意摆了一个自认为非常优雅的姿势对着门口，这样宇进来刚好能看到她最美的样子。嘴唇有点干，立刻涂了一点唇膏，糟糕，手怎么这么粗糙，护手霜瞬间用了半管……

内心里的小鹿又开始乱撞了，下一秒就要撞出来了。千万种情绪在发酵，觉得自己好蠢，又佩服自己的勇敢。

终于他来了。

刚落座，手机又不合时宜地响起来，宇飞快地说一句“对不起，等我一下”，就开始没完没了的打电话、回微信，似乎已经忘了她的存在。

柠檬悲哀地想：自己快要溢出来的喜欢，在他那里，只是打扰。他答应来见一面，估计也是碍于情面，不好推辞。

宇可算忙完了。柠檬反复练习好的话，却突然不知道怎么说出口。终于把话吞吞吐吐说出来。大意便是：自从上次匆匆一别，我就无法自拔了。很久没有这样的感觉了，能不能给我一次机会……

宇摆出一副人畜无害的表情，沉思着，好像在琢磨着措辞：“你不是喜欢我，你只是迷恋我。”

柠檬不甘心，继续玩撒娇，玩激将法，装可怜。玩到一半，宇那该死的电话又响了。

“你先回去吧，下次再找你。”宇冲她晃晃手机，无奈苦笑。

送她去地铁站，她继续对他软磨硬泡，还拉着他的手，宇松开她的手，在她额头上轻轻弹了一下。

真的只是轻轻弹了一下，但是像被滚烫的小火星灼烧，从此有了痕迹；又好像被加了封印，从此有了羁绊。

- Two -

后来，整整半年他们都没有再见面。额头上弹的那一下，支撑起了她的全部生活，让她在一个人的时光里，不知疲倦，不再寂寞。

每隔几天，柠檬都会忍不住给他发微信，内容大多乏味而无聊。比如“你在干嘛”，然后柠檬就看着上面显示着“对方正在输入”，紧张而又期待，最后收到一句“在忙”，枉费了自己长时间的紧张与等待。

有时候连“对方正在输入”这样的期待都没有，她发出一句话，如同石沉大海。对话框像死了一样，她只能默默退出来。

几个小时之后，突然来了一条微信，激动点开，也不过只是“比较忙啊”几个字，这种把天聊死的节奏，让她很无语。她像全副武装的战士，视死如归要出发，却根本不知道战争来临的方向。

该怎么追他呢？没有交集，没有共同的朋友圈。总不能把他的朋友和同事挨个认识一遍吧。该怎么和他聊天呢？自己喜欢的小说和电视剧，对他来说简直幼稚死了。

唯一能做的，只有想他。电影里的男主角都有他的影子，每一句歌词唱的都是他，吃什么都味同嚼蜡，满脑子都是他，还有额头上那个封印不时地提醒她。那种感觉，就像移动的磁铁，动不动将她排斥，也不忘把她吸引。

曾经是多么骄傲的人，却为他低到尘埃里。可是，无论哪种姿态，骄傲或者卑微，他都看不见，也不想看到吧。人们总习惯用一腔孤勇来形容那种奋不顾身喜欢一个人的劲头，但到头来才知道，所有的一腔孤勇都只是一厢情愿。

爱情里最让人成长的，就是喜欢上一个不喜欢自己的人。

在柠檬上高中的时候，收到过男生写的情书，看完就随手放进柜子。现在轮到自己写，键盘敲得震天响，字却像流星，懒洋洋摊在文档里，连一句完整的话都无法成行，自己都读不下去。突然间，就明白了那个男生的心。

也曾经历过一次和平分手，希望再见亦是朋友。对方一会儿加她，一会儿拉黑她，反反复复，她实在受不了，就主动拉黑。终于轮到自己，每天夜里点开宇的头像，回味那寥寥几句的聊天记录，看着他的朋友圈，辗转反侧，心乱如麻。如果拉黑他，就能放下吧，可是放弃好难。终于体会到当年那个人的心情。

懂得了感同身受，对曾经喜欢自己的人，多了一份感激和尊敬。好遗憾，如果当年有更好的处理方式，对方会不会没那么伤心呢？

因为喜欢上一个不喜欢自己的人，是太苦涩的甜蜜。

当一个人不喜欢你，就算你故意漂亮地出现在他面前也没用。你送他的糖是酸的，你隔三岔五的问候信息和垃圾短信是一个性质的，你在状态里更新的小心思他是看不懂的，你哭得死去活来对他来说都是不痛不痒，他是你的春夏秋冬，你只是他的路人甲。

喜欢上一个不喜欢自己的人，才懂了“喜欢你，但与你无关”究竟是怎么回事。

宇的确是一个很温柔的男生，但是很可惜，他不喜欢自己。就像走进一座迷宫，无论碰壁还是畅通无阻，从头到尾都是一个人的事。每天都在纠结，想走慢一点，又想早日走向解脱的终点。终点没有鲜花与掌声，从始至终，都是一个人。

柠檬想不出有哪句话可以准确概括他们之间的关系，似远似近而又暧昧不清，忽冷忽热却又习以为常，给点甜头又怕自作多情，什么都不是却又不想放弃。

若是宇稍露一丝温柔，这段情谊也就立即浑浊，也许，她的内心就要“像给针扎了一样”。原来不是所有的“喜欢”都要落到实处，变成一幕把肉麻当有趣的对手戏，有些“喜欢”只是为了经过。

柠檬不是傻瓜，宇不喜欢她，她当然知道，他对每一个人都像对待自己一样彬彬有礼。她知道他会回复每一条关心他的讯息，她知道她对于他而言只是一个普通朋友，她也知道他在等待的那个人，从来都不是自己。

只是，她怕自己将来后悔，没有争取一下就放弃，这不是她的性格。实在放不下就继续喜欢他吧，也许会感动他，也许会累到放下。

- Three -

放下，是因为再见到宇。

半年后，宇突然说要请她吃饭，说要“联络友谊”。

这一次，柠檬没化精致的妆，也没换那么多套裙子，只是从家里的沙发上爬起来，随便穿了一件外套去找他。大概路上跑太快，心跳还是不太正常。

直到看见宇，差点没笑出声，他穿了一件 polo 衫，特显老。

柠檬的屁股还没坐热，就开始吐槽，吐槽他的发型难看，吐槽他的衣服像大叔，吐槽他的一切……

宇一边狼吞虎咽，一边嘿嘿地笑。

“小女孩就是小女孩，这么快就不迷恋我了，好伤心啊！”

“你伤心什么，应该伤心的是我，没想到你老得这么快！”与半年前紧张的自己判若两人。柠檬以为自己是装的，装无所谓，装没心没肺，故意叫嚣给他看“你看，我早就放下你了”。

其实，是真的放下了，就像等待了许久的消息，终于有了结果，无所谓好与坏，只是尘埃落定的感觉让人很舒服。

饭吃到兴头上，宇坦白地说：“上次和你见面，刚和女朋友吵架，她闹着要分手，所以心情不太好，也没能和你说清楚。”

“哦，是吗？现在怎么样了？”

“现在我又把她追回来了。”说时难掩一脸的甜蜜。

原来，当自己为他彻夜难眠的时候，他正在为另一个人赴汤蹈火。

“我是不是处理得很不好啊？但是我真的不知道怎么和你说……”宇支支吾吾，不知道怎么解释。

“你不是一直再拒绝我吗？”

宇不好意思地挠挠头，未免尴尬，柠檬一把夺过他的手机，想见识他女友的真容。他点开相册——她看到了一张极具网红气质的小妹妹的脸。

“还真是般配啊！”她咧嘴朝他笑。其实心里酸溜溜的：和她比，我哪里配不上你呢？还真是情人眼里出西施。

不过，和自己有什么关系，都过去了。

那顿饭吃得很开心，大概因为柠檬又找回了自己，自然不做作。宇开车送她回家，他们聊着彼此的人生囧事，不时哈哈大笑。

突然，宇认真问她：“你当时到底喜欢我什么？”

孤独的日日夜夜一闪而过，不甘心的日日夜夜一闪而过，思念的日日夜夜一闪而过。那些日日夜夜冲进眼眶，马上要化成眼泪。

柠檬忍住了，只是笑嘻嘻跟他说：“你错了，那是迷恋。”

“哈哈哈，你变坏了。”

转头的一刹那，柠檬看见宇长舒了一口气。被人喜欢，听起来是一件很迷人的是，有人追逐，有人担心，有人记挂。但爱情不是你按兵不动，对方就能独自享乐的勾当，也许人家根本不想成为被你恋着的人。

回到家，和往常一样，健身，洗澡，看书，睡觉。

只是，没有因为想念而辗转反侧。

怎么突然就放下了呢？大概刚才那顿饭太难吃，大概他的 polo 衫太难看，大概额头上的封印解除了。

到底喜欢他什么呢？年轻有为、有理想、长得帅……这些都不是重要的原因。也许只是因为那晚的校友聚会，他的歌声太撩人，像航海者迷恋塞壬天籁般的歌喉。

她从未拥有他，却像失去了一万次。但是今天，这一切都画上了句号。喜欢上一个不喜欢自己的人才知道，爱是多复杂又多简单的东西。

虽然没有任何结果，但还是谢谢他来过。喜欢和拥有是两码事，一个人也能写完一个故事。这个故事可以长到不知从何说起，又不知在哪结束。也可以短成一句歌词：从前从前，有个人喜欢你很久。

人与人的缘分大概如此，从知道对方的名字开始，对他产生好奇，由此而生的贪心，想与他产生更多的羁绊，多数时候却只能放下他。

王小波在给李银河的分手信里写道：我爱你爱到不自私的地步。就像一个人手里一只鸽子飞走了，他从心里祝福那鸽子的飞翔。

好的爱情里，彼此都是自由的人。感情结束了，但是它教会你珍惜，教会你如何去爱，那么这段感情就是有意义的。

爱情不是那么凑巧的事情，你爱上的人没有爱上你，你会难过伤心。你也许满怀希望的去碰壁，又被摔得粉碎。爱情也不是那么有理由的分配，每个人按照一对一的角色对号入座，总是得遇见很多人，爱上不少人，才能够幸福地过完这一生。

曾经，你像仙人掌般锋芒毕露地活着。后来，在一次次的碰撞、摩擦与刺痛中，你学会了交流、表达，学会了如何关心一个人。不是每个人生来都是成品，时光一点一点地打磨掉你的棱角，让你不至于在今后的感情里横冲直撞。

那些彻夜流过的泪，它是你变好的痕迹。那些最早与你相爱的人，让你明白自己适合跟什么样的人在一起。请谢谢那些陪伴过你的人，是他们见证了你的成长。

每个人都有一段关于相遇和告别的故事，青春的懵懂，真爱的赤诚。爱情也许不能指向永远，却能够化成心里最好的一段回忆。不论之后彼此天各一方，还是相伴身旁，喜欢他，是你做过最好的事。

有些人，这辈子是等不到了，但有些爱，还能寻找。愿你能对逝去的缘分好好道别一声，彼此祝福，各自远扬。虽然无法预料陪你走过一生的那个人什么时候出现，但是只要你愿意去相信，就像相信生活中一切美好的事情一样，那么他就一定会出现。

遇见的人，出场顺序很重要。相见太早，
即便是一见倾心、惊心动魄、轰轰烈烈，
如果时机不对，即使是对的人又如何？

转身的一刻，柠檬没有回头。
无论自己和谁过完这一生，
宇都会留在她的记忆深处。
因为他曾是她青春盛年的一场烟火，
纵然繁华落尽，也声势浩大到闪耀过万千光辉。

爱是目送你的背影渐行渐远

每一个懂事而淡定的现在，都有一个天真而任性的过去；每一个温暖而淡然的如今，都有一个悲伤而不安的曾经。等长大了，拥有对彼此负责的能力，身边的人早就不是原来的那个人了。

生命中那些最美好的东西，都是转瞬即逝的，错过了那个时刻，就永远找不回来了。相见恨晚是一见如故、意气相投。而相见恨早是情深缘浅，是错的时间遇到对的人，注定要错过。

那个人很好，只是最好的时光都回不去了。有时候真的希望，对的人晚一点再遇见，这样等到自己足够成熟了，就再也不会莫名其妙地分开了。

明明在灵魂上特别契合的两个人，却总是不能在一起，没有天时和地利，即便人和也无济于事。那究竟什么时候才是最好的时光？什么时候谈到爱情，能不带着遗憾说一句“他真的很好”？

其实，哪有什么最好的时光，往往不经意间就制造了很多遗憾与悔恨，总是把错误的希望寄托在以后，以为以后会有大把时间和机会，去补偿当下的错失和渴望。

炽烈的感情本来就像火一般扑面而来，如果你怕了，一闪再闪，一灭再灭，直到火灭了，空留灰烬，你只会觉得凉了、冷了、空虚了、寂寞了，这时候再对着一片灰烬想点燃，又有什么用？

人生就是这样，错过了就再也回不来了，等你再想找回来当初的感觉，又有什么意义？最渴望的时候没得到，一切早已沧海桑田。

电影是那么仁慈，让错过的人重新相遇。在男女主角还不成熟的岁月里相识，他们不但爱得起，还等得起，最后都能重拾所爱。

生活不是电影。电影里，离开的可以回来，错过的可以弥补。生活中没有人愿意耗费一大段时光去等一个不确定的人，人生一旦走上了岔路，即使留有遗憾也很难再追回。

人总是在离开一个地方后开始原谅它，也总是在离开一个人之后开始怀念他。

相遇和错过只在一个细微的瞬间，那些相遇看似清浅不着痕迹，娓娓道来时也常常感到不够深刻，于是便习惯轻描淡写地对待，直到失去。

在某年某月某日的某个瞬间里，在茫茫人海中，曾有一个触肩的交点，交点过后，两个人又犹如两条射线般，越走越远。

最终，时间会把关于彼此的点点滴滴慢慢藏起来，也许还有擦肩而过的可能，却不会再相认，只是那份纯真的情意默默地涌动在彼此心间，在彷徨时照亮前程，在一个人时暖了心田。

人生的旅途中，每个人都只能独行，没有人可以陪你走到最后。离别时，你只需站在小路的这一端，目送他的背景渐行渐远，看着他逐渐消失在小路转弯的地方，似乎在用背影默默和你告别，那时，你的心终于能够释然了。

错过了一个人，又不是把你的人生错过了。你的路还长，跟自己较劲，就会恶性循环。饿着肚子心酸，不如填饱肚子去减肥；对着回忆难受，不如准备好自己迎接每一次可能的遇见 。

或许以后还会喜欢上另外一个人，就像当初喜欢上他一样；也或许除了他，再也遇不到能让你心跳加速的人，到最后只能把他埋在心里。

当青春逝去的时候，很多东西都会面目全非，所以才要更加珍惜。也许他已成为你人生中最大的遗憾，但你始终愿意感谢他。

因为遇见他，你才知道思念一个人的滋味；因为遇见他，你才知道感情真的不能勉强；因为遇见他，你才知道曾经拥有也是一种美好。

你把青涩和炽爱都给了他，最后把生活给了另外的他，这就是人生的出场顺序。

一个相濡以沫却厌倦到终老，一个相忘于江湖却怀念到哭泣。一个惊艳了时光，一个温柔了岁月。爱得深爱得早，都不如爱得刚刚好。

爱情本来并不复杂，来来去去不过三个字，
不是“我爱你”和“我恨你”，
便是“算了吧”和“对不起”。
也许还有“你很傻”和“谢谢你”。

柠檬想感谢宇，
感谢他曾走过自己心底最荒凉的地方，
从此她的世界不再荒芜枯寂。
也很想感谢他最终的不爱，
让她成为了更好的自己。

你如今的美好，也有他的功劳

曾经，有一个人突然闯入你的生活，教会你什么是爱，然后就离开了。他留下两个回忆给你：一个是，时间终于将你对他的爱消耗殆尽；另一个是，很久以前有一天，你遇见他。

这个陪伴你走过一段路程的人，带给了你一段值得珍惜一生的记忆——开心或者不开心，有结果或者无结果都不重要。也许成熟就是，你没在继续等待，他也朝着更好的方向去努力生活，日后你们见或不见已不再重要，只要彼此生活得好，即使真的不再相见，在以后的日子里，也会各自珍重。

每一个在你生命里出现的人，都有意义。

喜欢你的人给了你温暖和勇气，你喜欢的人让你学会了爱和自持；你不喜欢的人教会你宽容与尊重，不喜欢你的人让你自省与成长。没有人是无缘无故出现在你的生命里的，每一个人的出现都值得感激。

在纷繁复杂的世界里，有一个人，怀着珍爱去发现、欣赏和呵护你，这本身就是一个奇迹。

无论曾经的你多么难过、多么痛苦、多么伤心，为了他曾经给你的这一个奇迹，都不应该再流眼泪。因为他曾认真呵护过你，也因为这份呵护，你学到了很多，感悟到很多。

有些人的出现，只为了惊艳时光，不负责陪你到永远，但他教会了你爱，让你明白原来有的爱情，有的人，真的值得你赴汤蹈火，拿命去换。就算最后分开，你每次想起他，心里有的，也只是满满的爱与感激。

等多年后回首往事，你会为今天的睿智和坦然感到骄傲和庆幸。彼此经历各种欢乐与伤痛，认真地付出与收获着种种感悟。正因为有了这个过程才成就了今天的你。

感谢那个人的离开，是他让你变得更勇敢，让你突然发现自己原来会因为爱一个人而奋不顾身，感谢他带走了那个不够优秀的自己，而你剩下要做的事，就是在他不在的日子里，成长、努力，活得更像自己。

感谢他的离去，或许是因此打开了另一个缤纷的世界，让爱停留在被拒绝的对面，美美地憧憬，淡淡地幻想，也是一种风景。再过三五年后，你也许还会想起他来，但不会暗自忧伤，成全了他在你心中的完美，也挽救了爱的神圣。

感谢他的离去，或许是一种动力，为了那一句冷冷的拒绝，你要努力成为自己所期待的优秀。奋斗的过程，你才发现，时光会在不知不觉中把自己塑造成了成熟、稳重的人，也柔情似水，也百媚千娇。

生命中的爱人，因为各种原因，没能一直走下去，但是相信在属于你们的日子里都曾认真地给予和收获。感谢给彼此带来的心酸、欢快、难过、内疚，这些都是促成你们今天乃至未来动力的一部分。

那时候，你再回头看，你们已经在两个世界里，灿烂成不同的风景。

感情不分成败，只是没有在一起。你们是彼此生命中划过的流星，每个人最终还是会像热恋时设想的那样：王子会和公主在一起。只不过，最终都拥有了各自的世界。

他有他的小生活，你也有你的小世界，你们都在为理想拼搏。倘若有一天，你再次遇见曾经为之奋不顾身甚至耗费了整个青春去追逐的那个人，记得向他问好，因为他曾是你心里的一束光，指引着你不停地向前奔波。

你如今的美好，也有他的功劳。

没有人敢保证，一辈子只爱一个人，
可是一定有一个人，能让你笑得最灿烂，
哭得最透彻，记得最深刻。

因为宇不爱柠檬，所以她卑微如尘土，
她心甘情愿地付出。以为只要对他足够好，
他就会一点一点爱上自己。但后来才明白，
不爱就是不爱，爱情是没有办法被培养的。

很多关系不用风吹，自然就散了

人的一生，会遇到很多人，有的人喜欢你，有的人讨厌你；有你喜欢的人，也会有你讨厌的人。当你遇到自己喜欢的，但是不喜欢你的人，你会很痛苦。

可能会产生一些很幼稚的想法，比如：你看我为你改变了很多，我在你身上下的赌注翻倍了，我理所应当得到你更多的爱，这样天平才能平衡。

可事实上呢？这只是你的一厢情愿，改变是发生在自己身上的，你根本没有权利干涉别人的想法，毕竟任何人都有不爱另一个人的权利。

你也许会权衡自己的增长与他方而来的爱是否呈正比。事实证明，这从来都是两件事，一个人可以救赎你，当然也可以随时走掉。这虽然有点儿痛苦，但你要学着接受它。

这需要一个过程，他不喜欢你，不是你不好，而是他已经遇到了喜欢的人。所以别自暴自弃，别因此厌恶自己。

他对你来说，就是橱窗里那一件看了无数次的衣服。突然有一天老板把它从模特身上扯下来，你恨不得冲进去说：不要拿走它，我一定会努力攒到钱买的。你甚至都忘了，你根本从未拥有过。

现在的你或许很痛苦，心早已千疮百孔，每个伤口都在流血，支撑你活着的只剩下回忆。走路的你会恍惚，吃饭的你会发呆。总是在无人的时候掉眼泪，半夜翻来覆去难以入眠，在凌晨睁开眼的时候开始期待黑夜，在半夜闭上眼的时候开始期待黎明。

你的伤心还有很多，草木皆兵。你的伤心是，你曾经以为他是你的未来，现在却再也不复存在；你的伤心是，你曾经那么幸福，现在却一无所有；你的伤心是，现在的你有什么快乐悲伤，拿起电话第一个想到的还是他。那些曾经有多么美好，现在就会逼出多少泪水。原来，你的那些伤心，都是你的曾经。

你应该庆幸你还有回忆，有些人连回忆也没有。你比那些没有回忆的人要幸福，所以没有理由这样放弃自己，别为爱失去自己。

爱你的人不会舍得让你流泪，让你流泪的人不值得你爱。可是，你的眼泪一而再，再而三的为他流。如果不是他，你都不知道自己也是一个爱哭的人，只是因为以前没有遇到让你流泪的人罢了。

你们已经不在同一条路上，如平行线般，远远看着相交，但其实根本没有遇到。如果真的没有在一起，也别难过，也许他只是在你无聊的时候给了你一些陪伴，在你还没了解自己想要什么的时候给了你一些惊喜，转身的方式有很多，纠缠是最不洒脱的一种。

有些事明知已经过去了，却仍然固执地去回忆去想念；有些人明知已经走远了，却依旧固执地去留恋去投入；有时候明知心里很累了，却还要固执地去支撑去顽抗。那些没有意义的人与事，就统统地放下吧，还能固执给谁看呢？

一个人的固执，看似是牢不可破的护甲，其实刺伤的正是自己的心。

人生是一场戏，总会有散场的时候。一切故事都有始有终，有开始，就有结束。只不过有的人半路结束了，有的人到终点才结束。他只不过是旅途上的一个伴侣，能一起到终点是幸运，不能一起到终点也不需要遗憾，至少你们曾经相遇。

有些人，遇见就是为了分开，无所谓长久。聚散终有缘，能够相遇是缘分，能够相爱是奇迹。所以别感伤，陪你到终点的那个人不是他。

渐行渐远其实是一件挺美好的事。它的美好在于，既释放了别人，也解放了自己。如果以前会为一段关系的疏远而感到痛苦，那么现在大可把这痛苦收起来。每个人终究生而孤独、死而孤独，没有谁能在路上一直陪着你，既然终点不一样，也就别太在意中途分手了。

有些人注定是路过你生命中的一阵风，吹过去连杨柳也会摆动，可是始终不能将你连根拔起，因为他们是风，太想飞走的谁都留不住，可是你要相信，也有人愿意做你脚下的泥土，包围你、温暖你、滋养你，让你扎根，并且不再离开。

爱情可以填满人生的很多遗憾，
然而，制造更多遗憾的，
偏偏也是爱情。

真正爱过以后，柠檬才发现，
宇只是人生中的美丽风景，
她只能留恋地感受一番，自知无法拥有。
最终她想要的，只是宇能快乐。
哪怕，不是与她。

被爱的人不必道歉

你曾如此坚定地爱着一个人，并不是因为他能带给你什么而爱他，而是因为爱他而准备接受他所带来的一切。你觉得真爱就是不指望他让你能在人前夸耀，但在内心深处有这样的把握：即使所有的人不与你为伍，他也会依然站在你身边。

因为爱他，所以包容；因为爱他，所以在乎；因为爱他，所以排斥别人；因为爱他，所以无论他做了什么，都能换来你的“没关系”。

因为你觉得，被爱的人不必道歉。

人们都说失去后才懂得珍惜，其实珍惜后的失去比什么都痛。被真相伤害总比被谎言欺骗的好，得到了再失去，总是比从来就没有得到更伤人。

失去一个不爱自己的人，就会患上一种病，不是别人劝两句就可以好起来的。是的，时间是解药，可以治愈一切，但这种病，是慢性病。

就像你把承载着回忆的照片埋在地底下，再用土盖起来，表面上你似乎已经与过去诀别了。但其实关于那个人的种种，已经深深嵌在你的回忆里，渗进你的生活中。你以为你能忘得了，其实并没有，它只是在等待时机发作罢了。

爱一个人，为一个人付出，没有什么好丢脸的。假装成一个嘴硬的人，就好像嘴上不承认，心里就能好过一点一样。其实你很清楚，这个方法根本行不通。

你自己的心意，任凭你自己做主，不想说再见，那就不要说再见。人活在世界上，重要的是爱人的能力，而不是被爱。不懂得爱人，又如何能被人所爱?

不管别人怎么说，不要忘记自己的初衷，感情不就是“你快乐所以我快乐”的事情，何必弄得那么复杂?听信别人一句“他不好”，就觉得自己的付出枉费了。

如果是这样，那你也不要动感情了，因为这件事情本身就是不公平的。你先陷进去了，然后你又说对方的不好，这就等于搬起石头砸自己的脚。

而那些仗着自己处在被爱的角色，就肆意地去伤害对方的人更显得悲哀，因为他们根本不知道自己被爱着。所以留给他们的，只有遗憾。

感情，不是一朝一夕而至，也不是一时一刻就能去。有多少人的离去，是不被在意；有多少情的放弃，是不被珍惜。

眼里没你的人，你何必放心里；情里没你的份，你何苦一往情深。若是注定要离别，拥抱也要用力一些。好让日后回忆起来，能够有据可查。

我们总是不懂得珍惜眼前人。在未可预知的重逢里，以为总会重逢，总会有缘再会，总以为有机会说一声对不起，却从没想过每一次挥手道别，都可能是诀别，每一声叹息，都可能是最后的一声叹息。

爱情，也许在你的心灵里还没有完全消亡，但愿它不会再打扰那个人，因为你也不想再让他难过悲伤。

你曾经默默无语、毫无指望地爱过他，你既忍受着羞怯，又忍受着嫉妒、折磨，你曾经那样真诚、那样温柔地爱过他。而如今，你只愿上帝保佑他，让另一个人也像你一样去爱他。

没有泪水，也没有遗憾，离去的人也许根本不知道那即将是一场永别。带着微笑远离，是最幸福的一种离别。所有的不舍，都留给了等待的那个人。

一天将尽，离别之后，明日你们还会相见吗？明日，也许是天涯之遥。

有的人终其一生都遇不见那个
能让他付出全部的人，
有的人遇见了却错失了，
于是就要一辈子活在
曾经得到如今失去的痛楚里。

柠檬说不出哪一种更幸运，
但如果问她，再给她一次机会，
还想不想遇见那个能让她产生痛感的人，
她的答案是肯定的。

谢谢你曾是我最美的心事

你曾遇到这么一个人，让你觉得所有苦难都值得，他让你看懂自己，带你走向一个全新的时空。你会和他一起幻想，走向永恒的时刻。

即使最终陪你一生的人不是他，你也不后悔、不遗憾，只是偶尔在午夜梦回的时候会有些唏嘘，有些感念。

他拥有你喜欢的样貌，无关美丑，只是一种自然的指引，好像看到他的那一刻，突然就觉醒了，觉得一切都对了。时间走得不快也不慢，天黑起来也很温暖，连雨天都凄婉得让人觉得浪漫。

那种灵魂的一拍即合不同于荷尔蒙的一见钟情，他像是存在于这个世界上的另一个你，连拥抱的力度和体温都恰到好处。

你的生活，莫名其妙有了意义，所有的琐碎都变得很有趣。

可是每段感情的开始和结尾都有着某种相似之处：开始于好感和爱恋，结束于毁坏和遗憾。爱情就像天气，慢慢热或者渐渐冷，等到惊悟，已过了一季。

你很想再和他说一句喜欢，可是人到了某个阶段，就会把自己最隐秘的情感悄悄藏起来，就这样，这句话就在心里慢慢地烂掉了，最终也没有说出口。

后来，你常常能在电影里看见他的影子，男主角走路的样子很像他，说话的神情，带着一些苦闷的温存，哪怕是一秒的闪念，也会让所有记忆翻江倒海般袭来。

你开始喜欢他喜欢看的书，也开始明白他为什么喜欢；你会想起和他在一起时听的歌，合唱的段落，你会因为老歌心酸而失落，也会因为某首新歌的某句歌词而触动。最要命的是总有新的书、新的电影、新的音乐、新的笑话，你知道那会是他喜欢的。

那么迫切的想要和他分享。但“分享”二字，只剩下了分的事实。

再也无法回到那些青春的日子，走不回年少的模样，或许他是春风架起的一座桥，是那片生命里的桃花源，你能闻到他峰峦叠嶂的气息，隽永深长，却再也没有理由靠近了。

有些人相遇就是缘分，能彼此熟悉就是幸运，一个人爱上另一个人像爱着山川河流，像爱着阳光普照的大地，但是不能拥有山川河流，不能拥有大地和四季。你爱的他也一样。

有时候你恨不得没有遇见过他，如果没有遇见，就不至于那么不甘心。也许一生中遇到一个平凡而简单的人，然后单纯而勇敢地走完这一生，才是最安全的选择。

可是有些遇见就是让你那么难以平衡所有平庸的日子，难以承认失去是永恒的。

有时候你也感谢能遇见他，那种幸运像是一眨眼看见了极光，像是不小心就瞥见了流星。他的存在，让你觉得不枉来人间这一趟。他没有消失，而是永恒存在你的生命里，每一个细节里，每一个梦境里。

你幻想着他远远的存在于某个城市里，有着自己美好的家庭。你不会觉得伤感，只有满满的祝愿。好像遇见过，拥抱过，彼此交心过，就值得了。一切都值得了。

茫茫人海里，能认识他真好，因为曾经这份爱，能让你在寒夜袭来时也有耐心期待天光，不至于失落痛苦时万念俱灰。

你常常想向他道歉，想向他道谢：很抱歉，我们最终还是没有在一起，但我很感谢，感谢曾爱过你。

我们那么普通，又那么相同，但好像牵过你的手，一瞬间我就能笑得出众，走路都觉得脚下踩着南风。我们曾经那样相拥，好像全宇宙的人都不会懂，可是我懂，懂得世间任何色彩都是错乱的彩虹，而你是最美的一道虹。

他曾经在场，当时只道是寻常，
等到他离开以后，才想起他的温柔。
世界上有很多种缘分都是稍纵即逝的，
只有怀念和失去是漫长的，
这是你不得不面对的一个真相。

对于柠檬而言，时间已经慢慢冲刷掉了
“再咬牙等一等”的执着，
剩下的只是“希望你能过得好”的释然。

他曾经在场，当时只道是寻常

十字路口，一个向左，一个向右，如果从来没有认真地对待相遇，擦肩而过就是擦肩而过，但是如果真的爱上了，便不容易忘记。

你在反复的生活里佯装自由，忽略他的存在；在不断地擦肩中佯装平静，假装风很轻柔，假装很幸福，然后用微笑掩饰眼中的疲倦，以及内心的渴望。

你是真的爱过他，所以不愿意忘记。

越长大，就越是小心翼翼。成长，带走的不只是时光，还带走了当初那些不害怕失去的勇气。如果能回到从前，那么你一定会选择不认识他。不是你后悔，而是你不能面对没有他的结局。

可是爱情不一直是这样吗？先费尽心机地把人抽空，然后扬长而去。以至于现在的你始终对爱情有戒心。

你能接受一开始就单薄的爱，却接受不了一份爱由浓转淡。怕别人的不辞而别，也害怕别人不辞而别是因为自己。

深深地爱上一个人的感觉，孤独时想想，竟然完全与甜蜜、幸福、喜悦这些词语无关，而是害怕。害怕一个人的冷清，害怕夜晚时的宁静，害怕睹物而思人，害怕触景而伤情……因怕分离而惶恐，因怕辜负而患得患失。

终于失去了一直害怕失去的人，像心里的一块石头落了地，不过砸到了自己的脚。

可是，深爱过的人都知道：这样的缘分，在有生之年狭路相逢，终究是不能幸免的。

有些人，你以为可以再见面的；有些事，你以为可以一直继续的。然而，也许在你转身的那个刹那，有些人，你就再也不见了。当太阳落下又升起来的时候，一切都变了，一不小心就再也回不去了。

有些人会一直刻在记忆里的，即使忘记了他的声音，忘记了他的笑容，忘记了他的脸。但是每当想起他时的那种感受，是永远都不会改变的。想他，是你最不想的事。

生活中总会有伤害你的人，但你还是会相信其他人，只是比以前小心了些。人总要慢慢成熟，将这个浮华的世界看得更清楚，看穿伪装的真实，看清隐匿的虚假，很多原本相信的事便不再相信了。

但是，仍然要相信，这个世界的美好总要多过阴暗，欢乐总要多过苦难，还有很多事，值得你一如既往的相信。

从前有一个人突然闯入你的生活，教会你什么是爱，然后他就离开了。当他突然从你的生命中消失，不用问为什么，只是他到了该走的时候了，你只需要接受就好，无论是朋友，还是恋人。所谓成熟，就是知道有些事情终究无能为力。

终究会有一天，你不再那么幼稚了，就算依旧爱着一个人，但是，你已经有勇气对自己说：我也可以过孤独的日子。

忘不掉的是回忆，继续的是生活，错过的，就当是路过。

一路上的行走，你会遇上很多人。也许是陪你走一站的，也许只是一个过客，于是生命中留下了许多逗号，一段经历一个逗号，一段感情一个逗号，一段付出一个逗号，无数个逗号的等待，只为最终那个句号。

生命中的诸多告别，比不辞而别更让人难过的，是说一句再见，就再也没见。

曾经那样向往于相忘江湖，只因无法相濡以沫。后来的一天，你们都忘了彼此的坏，只留下彼此的好。你的青春，他曾经在场，只要曾经在场就好了。

爱一个人最好的方式，就是珍惜相遇的时光，分手时记住对方的好，忘记对方的不好。有些人你不知道哪一天就在你眼前消失，所以你要善待和珍惜爱你的人。

没人会无缘无故爱你，要对得起他对你的爱，即使彼此的爱早已不再，但是时间会留住很多温暖。记住对方的好，是爱过后的人都应该做到的。

那些信誓旦旦的非你不娶，留在娶嫁的时候再说，什么也抵不过时间，时间是最好的记录者，也是最好的见证者。

人生就像一场舞会，教会你最初舞步的人，却未必能陪你走到散场。然而，曾经的你们真的有那么多的机会走下去，却在相同的十字路口，不约而同地选择了转身。

错过了的人，默契地消失在了人海，成了见不到也不能去见的“陌生人”。只是，春去秋来，潮起潮落，可不可以轻轻地问一句：“陌生人，你还好吗？”

回忆是凄美的，因为有微笑的抚慰，
也有泪水的滋润。那么多人喜欢回忆，
是因为很多关系只能在回忆里天长地久。

记忆随身，不是短时就放得下，
它要飘进来找柠檬就会飘进来。
排在前面的就是找她最多的人，
宇会越排越后，很快就会彻底走出去。

给记忆留下一个美好，也是对自己的善待

有时候也会悄悄渴望那种单纯地喜欢一个人的感觉。他或许不温柔、不优秀，你却总能毫无缘由地接受他的一切，愿意将整颗心都掏出来给他，不为别的，只因为他就是他，是这世界无法被取代的人。

每个人的生命中都有这样一段时光，每天不断地寻找幸福，不断地寻觅爱与被爱，总想在生活的点滴中找到喜欢一个人的感觉。直到有一天，你遇到了一个特别的人，一个可以照亮你内心、点燃你生命的人。

在遇到他之前，你从未想到过喜欢一个人会这么温暖，从未预想到自己的心情会完全被另一个人影响。

在你眼里，你们的遇见，是最耀眼的一道光，是时光给予你最美的一瞬。不曾奢望过的画面，那一刻似乎都变得真实、透明，那些无数次只在梦里出现的场景，就这样出现了。

你默默感慨，相遇竟然可以这么美。原来自己一路兜兜转转，不只是在等一个人，还是在等一份灵魂的相依，一种无可替代的爱。

然而，更多时候，并不是真心就一定会有结果，最真的那份情，往往只会留驻于心。因为情深，所以难舍；因为情真，所以难忘。

走在时光的旅程里，你依然会遇到爱，依然会去寻找下一个身影，只是再也找不到最初的那份爱意，或者说，那份最初的爱已经永远的定格在你和他的世界里。

你找到的只是另一个身影，另一种投入感情的方式，但是对他，你们之间的那种感觉，却只属于彼此。原来有一种爱，可以跨越时光；原来有一个人的身影，可以永远萦绕在脑海。

人的一生到底要遇到多少人，要经过多少爱，才能迎来生命中的完美。如果说对方注定是生命的遗憾，因为曾经那份真实的幸福，你也会感激生命中这份特别的遇见，在柔软的时光里，一起走过的路，都将成为生命中最珍贵的记忆。

假如没有遇见他，也就没有以后漫长的思念折磨，你也许过着如从前一样的生活。然而，要是没有这样的一份遇见，你不会知道，有一种情感，痛着流泪，笑着想念，却依然令人如痴如醉。

无论走过多远的路，你是谁的过客，抑或谁是你的路人，随着时光的消逝，都会渐渐融在岁月的风尘里，只有一个人会始终悬浮在你的记忆中。

虽不能相伴身边，却永远无法停止思念，浅浅地想起，深深地挂念，成为心里不可诉说的殇。你们共享过的情感如此美好，因为爱过，你的生命更圆满了。

也许，多年以后，你会忘记现在深爱着他的模样；也许，多年以后，你会忘记曾经经历的所有细节；也许，多年以后，你会忘记自己为他的奋不顾身。所有关于你们的记忆，都敌不过将来你的忘记。但无论时间如何流逝，日后的你，都不会忘记当初爱他时的心情。

以为已经忘记了，却被一首歌、一句话、一张照片生生的将往事勾起。你会发现记忆甚至没有经过你的同意，就自动筛选了最甜美的一幕。仿佛那些烦恼从不曾有过，只是那张脸比旧时更动人了。

这就是离别的好处，那个曾经深深爱慕过的人，曲终人散后，不管是要哭泣着或是微笑着与他道别，你都会庆幸曾与他同台。因为不再相见了，他便成为你记忆中最美丽的定格。

原来有的人，可以不做任何惊天动地、
刻骨铭心的事，便能让你想忘不能忘，
而你却在他说出拒绝时，无可奈何。

柠檬确信，她只是认真地剖白自己的心意，
把内心的真实想法好好传达给宇。
也许当时还不能完全让自己的爱恋画下句点，
但至少很多年后回想起来，
也能看到自己漂亮纯粹的面孔。

所有回不去的良辰美景，都是举世无双的好时光

总以为，爱情是一场注定的偶遇。没有早一步，没有晚一步，在无垠的时间之旅上，两个人迎面而来。只是一个眼神的交汇，原来是你。不管过去，从此只想一起经历繁华或荒芜。

喜欢一个人是如此难的一件事，茫茫人海里，偏偏是他出现在你面前，又偏偏生就一副你魂牵梦绕的模样，一眼，便是一生。

他走进你的生命，从此很多时刻都被赋予了特别的意义。虽然当时还不明白永远的定义，也无法保证自己不会被变幻莫测的未来击败，

但你就是相信能够一起走下去。

然而更多时候，不是喜欢和相信，两个人就能永远在一起。爱情是一份纯美的情感，有时是心甘情愿，有时却无能为力。

不是所有的爱情，但是，也唯有爱情，始于如此的兴奋与渴望，又终于如此的挫败与荒凉。

爱恋的路上有很多曲折坎坷，走过去的是爱情，没跨过去的都是曾经。那么多人渴望得到爱情，可世间更多的是未完成的曾经。

也许路线很早就定好，在什么时候转弯，遇到什么样的人，经历怎样一段人生，都是缘分，都有意义。

每个人都有着一条属于自己的路，以前在一起的时光只是因为顺道同路而已，等到了岔路，还是要忍痛分离，继续各自的旅程，会有各自的新生活，结交新的朋友，开始新的经历。

有些东西，注定与你无缘，你再强求，最终都会离你而去；有些人，只能是你生命中的过客，你再留恋，到头来所有的期望终究成空。有些东西没了就是没了，抓不住就是抓不住了。

以为的刻骨铭心不过是云淡风轻了，以为的一辈子生死纠结不过如此。缘分尽了，无论爱情还是友情，都会走向陌路，都过去了。那些爱与哀愁，秋水长天一般的风吹草动，原来只是一片水迹而已。

很多事都是这样，有些人闯进了你的生活，轻轻地扔了一粒小石子，原本那平静深绿的潭水便溅起重重的水花，沾湿了衣襟，拂了拂衣袖，他们转身离开，却没看见一圈圈涟漪久久未散。

不知道是石子太沉，还是想念扔石子的人，散不开的涟漪成了水潭最深的柔情。

邂逅一个人，只需片刻，爱上一个人，往往会是一生。萍水相逢随即转身不是过错，刻骨铭心天荒地老也并非完美。在注定的因缘际遇里，真的别无他法。

但是不管怎样，有些东西，注定一辈子保存在心里。在注定的流逝当中，唯一能长久保留的，只剩那些最珍贵的记忆。

每个人都要历经远行、相爱、别离、焦虑、彷徨又闪耀的青春后，才会在某一个分别的十字路口突然顿悟，盛开与凋零，原是人生的一场缘来缘往。

缘分就是在人生这条路上相聚与别离，这一路上，有回眸也有擦肩；有相聚也有离散。遇人无数，匆匆又匆匆，有些人的回眸成了你一生至美的风景；有些人的擦肩成了你一生无法忘记的背影。

看过那么多离散，也见证过无数欢喜，分合聚散，是经历，也是人生。爱情里，喜欢和被喜欢都是一件幸福的事情，那些曾经深爱过的或者伤害过你的，肯定都是你最在意的人。

所有回不去的良辰美景，都是举世无双的好时光。命运是一条颠沛流离的河，我们跌跌撞撞，都被磨平了棱角，成为光滑的鹅卵石。只有彼此知道，对方有过怎样鲜衣怒马的好年华，而亦只有彼此知道，曾经互相拥有过。

在一起的是缘分，万分珍惜；错过的是遗憾，真心祝福。你还年轻，前行的路上，会喜欢上别人，也会被别人喜欢，一切都是人生。你会记得，曾经有一个人真心希望你能过得幸福。

这一路，得到过，也失去过。
那个没有如期归来的人恰好诠释了离别的意义。
对一段逝去的感情，接纳才是最好的温柔。

柠檬很想再见宇一面，她有一万个想见他的理由，
却少了一种能见他的身份。
死缠烂打的样子特别丑，她宁可选择自己走。
从此宇成了心口隐隐不能碰的朱砂痣，
只适合怀念，不适合再见。

最好的爱是深情而不纠缠

很多爱情都是这样，开始的时候觉得对方完美的无以复加，是自己眼中最美的风景，任何人诋毁他一句都会气得跳脚。后来分开的时候，对方却成为自己眼中最丑陋、最自私、最无情、最不值得爱的人，这样的结局，让从前那个全心全意爱着对方的你始料未及。

相信很多人都有过这种闹到鱼死网破才肯罢休的争吵经历，最后也会扬言，从此之后你走你的阳关道，我过我的独木桥，多年以后回

想起来时，你又有几分后悔。

无论你伤害谁，就长远来看，你都是伤害自己。或许你现在并没有觉知，但它一定会绕回来。

如果你的上一次恋情是一场和平分手，没有哭闹，没有争吵，没有没完没了的纠缠，更没有恶言相向甚至诅咒谩骂，那么你该庆幸。

庆幸彼此都是温柔又重情的人，即使分开也不愿向别人说对方的一点不是；庆幸当初睁大眼睛寻找了很久的人，虽不是对的人，但至少没有让自己后悔。

曾经全心全意、义无反顾地爱过，最终却发现彼此只能成为过客，那么就道一声珍重，愿他在以后的人生中能遇到比你更好的人。记得也好，忘掉也罢，去重新迎接一段没有对方的新生活。

在分开这件事上，最好的心态莫过于：无论一段关系走到哪一步，但愿两个人之间始终保持坦诚，真的不爱了也没关系，那是对方的自由，只要是真话，都有能力承受；只要没有欺骗，便心存感激。

好好地说一句再见，是对曾经的爱情最好的祭奠。很多人说，能好好说一句再见的，一定是没有爱过的。不是这样的，恰恰是因为爱过，所以才懂得不纠缠、不回头，才懂得用理智去看待。

张小娴说：曾经相遇，好过从未碰头。前任是用来怀念的，不是用来纠缠的。同样的，旧情也是用来怀念的，不是用来糟蹋的。

无论有没有故事，只这短暂的一程，就应该成为这一辈子都不会忘记的美好。偶尔想起时，不会后悔自己曾经全力以赴地爱过。

谁也不知道，没有遗憾的人生算不算完美，没有深夜痛哭过的人生算不算完整，但是没有遇见他一定不算最完整。

最大的遗憾是连离开都不能当面说清，或许一个拥抱就能解决的事情，最后却没有任何解释就形同陌路。

既然所有的离别都是一个为难的时刻，那么没有一句再见或许不够厚道，没有说出口的晚安就会变成灰烬。

再见或许是一种安慰，只差一句再见，然后明天再也不见。不是回不去了，而是都过去了。他曾是你生命里重要的一部分，只是都结束了。

结束难免带着伤感，当眼泪快要流下来的时候，那就干脆痛哭一场，哭完之后，抬头看看广阔的天空，这片天空，和你恋爱之前是一样的，他的离去，并没有带走你的世界。

要感谢他，因为最美好的那一程已经经历过了，你们真诚地爱过，这是最重要的事情。把失去的留作回忆，向远去的说声珍重，只遗憾，不埋怨。

在年轻的时候，如果爱上了一个人，请一定要温柔地对待他。不管相爱的时间有多长，若能始终温柔地相待，那么所有的时刻都将是一种无瑕的美丽。

若不得不分离，也要好好地说声再见，在心里存着感谢，感谢他给了一份记忆。长大了之后，才会知道，在蓦然回首的刹那，没有怨恨的青春才会了无遗憾，如山冈上那轮静静的满月。

CHAPTER • 2

告别和告白，都需要勇气

有些人，错过了，就真的错过了。
决定放弃了的事，就请放弃得干干净净。
世界这么大，我们这么小，
再次遇见的概率是多少?
一旦分别，就不要奢望再见。
再见的意思是，再难再见。

- One -

总以为，每一次的争吵和冷战，每一次的拉黑与删除，都还有回旋的余地。可人与人之间的缘分总有定数，只是那天不经意地说了一句再见，后来就真的再也没有见过。

纷纭世事，人们适逢其会，却又难免一场告别。

没搬家之前，我家隔壁是一间合租房，业主将房间打造成隔断间，一共住了8个人。人多倒是其次，最让人难以忍受的是整个房间没有窗户，不透风不透气，尤其早晨起来的时候，缺氧加捂了一晚上的味道都能让人晕倒。

有一天，其中一个女孩从自己房间里走出来没几步，突然就晕倒了，这突如其来的状况把大家都吓了一跳，手忙脚乱地把女孩从厕所冷冰冰的地板上扶起来。

正商量着由谁送去医院时，一个头发凌乱的大男孩猛的扒开人群，冲到女孩身边，抱起她就往外跑，边跑边大喊："她是我女朋友，她是我女朋友。"

当时，正值冬天，北方的冬天可不是开玩笑的，分分钟把你冻成冰棍。他可能是太急了，出门的时候衣服都来不及换，好像也没披个外套什么的。

因为就在隔壁，我大致了解了状况。于是，顺手拿起一件外套，带上钱包追了出去。还好追上了他，男孩什么都没带，看见我追来简直遇到救星，连声道谢。

女孩没有什么大问题，只是低血糖才晕倒，输了一瓶葡萄糖就醒了。当她知道发生了什么事，感动得差点要哭了。

我说："没关系，都是小事，但是把他给吓坏了，外面那么冷，连羽绒服都没穿，抱着你就跑出来了。"

听我说完，女孩看了看男孩，男孩又看了看女孩，两个人都没说话，估计是因为我在，不好意思。但还是能感觉到他们在默默传递着爱意，让人觉得很温暖。

我们三个人就是这样认识的，女孩叫辛瑶，男孩叫安然。

辛瑶和安然是大学同学，辛瑶毕业以后在一家培训机构工作，安然继续读研。两个人家境都不好，生活过得非常拮据，但安然一直想给辛瑶租一间好点的房子，发生了这件事之后，他更加坚定了租房子的想法，什么都不舍得买，只想尽快攒一笔钱。

安然和辛瑶不是每天都在一起住，安然忙着做课题的时候，可能每周只回来一两天，其他时间，辛瑶就和我走得很近。

后来，安然找到了一份兼职，而且做得课题有了成果，也拿到一些奖学金。就找来我和辛瑶商量，他不想住合租房了，想租一间像样的房子。

辛瑶犹豫，大概是因为钱的问题，但安然做主了 :“搬，钱我够。”

三个月以后，他们终于搬家了，就在旁边的小区，一室一厅的房子。除了厕所和厨房，其他地方都没怎么装修过，卧室里有一张床，一个衣柜，没有别的家具。虽然房子简陋了些，好在房租不高，户型也不错，最重要的是再也不怕缺氧了。

搬家那天，我去帮忙了，看着他们高兴得在新房子里又蹦又跳，竟有了一种“新婚夫妇”的错觉。

我和辛瑶打扫卫生，安然去超市买了很多日用品回来，我们把房子收拾得焕然一新。当天就在新房里开了火，安然做得一手好饭菜，我们吃得不亦乐乎。

那一年，他们都24岁，对未来充满了美好的期望。

辛瑶说："等安然研究生毕业了，我们就结婚，你一定来啊。"

我说："行啊，说话算数。"

- Two -

不久，辛瑶回家看望父母，回来的时候，刚好安然随导师去外地参加一个研讨会，她就约我一起吃饭。

吃饭的时候，辛瑶低着头，情绪也不好。

我问她发生了什么事。

她说回家之后和父母大吵了一架。原来，她刚一回家，屁股还没坐热，她妈妈就拿出一大叠照片，都是男人的。她一看就明白了，这是在给自己重新物色对象。

当时就很火大，不禁冲着妈妈大喊："我已经有男朋友了，安然，你们忘记了？"

辛瑶爸爸也忙着劝她："你们都不小了，不能再闹着玩了。两家条件都不好，拿什么结婚，更别提生孩子了。"

辛瑶以前说过，安然父母很早就离异了，母亲含辛茹苦把他带大，一个女人要独自供孩子读到研究生并非易事，听说欠下不少钱没还完，现在身体每况愈下，可想而知，安然肩膀上的担子不轻。

这都是非常现实的问题，辛瑶父母好像也并没有什么错，他们不过是希望女儿以后的生活更有保障。

可想而知，辛瑶和父母不欢而散，但父母的意见给了辛瑶不小的压力，那段时间，辛瑶和安然总是吵架。

有时候我在旁边，根本不知道怎么劝。辛瑶委屈，安然也无奈，都是没有办法短时间可以解决的问题，吵得凶了，辛瑶会说特别狠的话，让安然滚，安然也真是听话，摔门而走，就真的把辛瑶一个人留在房间里哭。

有一次争吵后，辛瑶赌气将安然的微信拉黑，等着安然紧张害怕去哄她。过了几个小时，才发现安然把她删了。好像那些喜欢删除的人，骨子里都带有一种逃避的情绪。

辛瑶拼命给安然打电话，安然没接。

“你找不到我肯定气坏了，但是我也找不到你。最近我们总是吵架，我知道你不开心，难道我开心吗？如果你觉得真的没办法走下去了，这样结束我也没有意见。”

“既然这样，你一条信息也不用回。没有我，你能生活的更好。但是，我想让你知道，我一直在用力爱你。”

辛瑶把发给安然的信息截图给我看的时候，已经哭了很久。我不知道怎么安慰她，只是在想，一段感情岌岌可危的时候，是什么成了压死骆驼的最后一根稻草？

没想到，最后的一根稻草很快压下来了。

安然的妈妈彻底病倒了，他没办法，只好办了休学，火速赶回了老家，都没来得及当面跟辛瑶说一声。

他给辛瑶打电话：“我不念了，我得回老家打工挣钱，照顾我妈，给我妈治病。”

辛瑶知道这个时候问他俩的事，显得特别不通情理，可是她还是问了：“那我们呢？”

安然一直沉默着，辛瑶能听见他急促的喘气声，她希望安然说点什么。但是安然半晌没作声，辛瑶把电话挂了，安然也没再打来。

终于，一切都结束了。

很多人喜欢用“终于”形容现在所达到的状态，喜欢说：终于放学了，终于搬家了，终于毕业了，终于结束了，好像每一场带有告别性质的行为，都是一种解脱。当回溯那一段终于变成“终于”的关系，在回忆里寻寻觅觅，却发现，根本没有留下一个好好告别的时刻。

相爱的人总是会忌惮说带告别字眼的话，哪怕不断争吵，指责对方的不是，用冷战来宣誓主权，可总是拒绝说再见，害怕说再见了，以后各自安好，就再也不见了。

后来，我搬家了。我搬走以后，没过多久，辛瑶也从那个房子搬出来了。

搬家的那天，辛瑶给我发来了一条很长的信息：

安然用存了两个多月的生活补助，给我买了一个小烤箱，你还记得吗？他说房子是租的，但是生活不是。趁着新鲜劲还做了好几天的蛋糕当早餐，后来也没影了。现在清理东西的时候，才发现已经好久没用过了，上面全是灰，真是浪费。我们用过的东西都还在，只是我们不在了……为什么？为什么连再见也没和我说……

我看后心里很难过，不知道该回什么。

也许分手不一定是每个人的必修课，但道别的方式，决定着我们将来会如何回忆一个人的样子。一个人离去前的人情味，决定着另一个人是曾经爱过，还是曾经爱错。

辛瑶向父母妥协了，她开始不断地相亲，好像没有了安然，和谁在一起都无所谓了。最后终于嫁给了一个高管，有房有车。

她没通知我去参加她的婚礼。结婚以后，她在微信上跟我说，她老公对她很好，日子平平淡淡的，也挺好的。

又过了一年，辛瑶升级做妈妈了，她生了个儿子，眼睛大大的，像她。

我去看过一次辛瑶和她的宝宝，她老公果然是个温文尔雅的男人，修养很好，可总觉得辛瑶和他交流有疏离感，相敬如宾的样子让人很不习惯。

她会说：“老公，麻烦你把剪子递给我。”

她老公会微笑着跟她说：“你等等。”

拿到剪子以后，辛瑶又会说一声：“谢谢”。

我想起以前辛瑶和安然……都是过去很久的事情了，还提起来有什么意思。

- Three -

只是，我没想到这辈子还会再见到安然。

一天晚上，我和朋友路过一家叫“瑶池小筑”的小饭店，一是被饭店名字吸引，二是看到里面座无虚席，不免对味道有了期待。果然，点了几个菜，做得非常精致，也很美味，但我感觉，这些菜的味道有点熟悉。

结账的时候突然听见身后有人叫我，声音又熟悉又陌生。回头，我看到了安然。

他瘦多了，可我还是认出了他，他也很高兴：“真的是你啊，我没想到还能碰见你。”

原来，这家饭店的老板就是安然，怪不得菜的味道那么熟悉。我突然想到饭店的名字，大概也猜到了缘由。

这些年，安然过得很不好，为了给母亲医病，他什么活都干过，还欠下很多债。可惜，他母亲还是走了，债主天天去他家楼下堵他，催他还钱。过了很长时间，他才把债全部还清。后来，顶下这个饭店来做，生意逐渐上了轨道，日子终于好过一点了。

这些年经历的风风雨雨全部体现在他的脸上，他再也不是当年我看到的安然了，现在的他，更像是一个历经沧桑的大叔。

安然告诉我，他结婚了，有一个两岁的女儿。他给我看他们一家三口的照片，他妻子很普通的样子，和辛瑶的感觉有点像。

他说他们夫妻之间的关系并不是很好，但是他感谢她在他最不堪、最落魄的时候，还是选择和他在一起，所以他想和她继续走下去。

之后，我们陷入了很长一段时间的尴尬静默。我知道他很想问辛瑶的情况。可是要不要说呢？我心里没谱。

我给辛瑶发了一条微信：我看到安然了。

过了一会儿，辛瑶直接打电话过来，她胆怯的问：他还在吗？我说在，她又问我：你们在哪儿？

我告诉了辛瑶，她来了之后，在门口盯着招牌看了很久，我看到她眼圈有点红。

几年后，我们三个人重新坐在了一起，心境却和以前大有不同。

安然见辛瑶说的第一句话不是“好久不见”，而是“对不起”。

辛瑶冷笑了一声，说：“你有什么对不起我的，我们没有谁对不起谁。”

安然说："我对不起你，我当年一走了之。我和你在一起那么长时间，从没让你过上好日子，我还经常和你吵，从来不让着你，我……"

辛瑶听安然这么一说，再也控制不住了，眼泪漱漱往下掉，就像当初他们吵架的时候一样。他们两个人抱在一起，安然边哭边道歉，辛瑶边听边默默流泪。

像在弥补一个因为遗憾没有好好道别的正式分手仪式，又像是一个快死掉的人在脑子里放电影一样回放两人的过往。

但最后辛瑶推开了安然，她说："好了，终于当面了结了。安然，我们以后再也不要见了。"

她头也不回的上了一辆出租车，消失在夜幕中。

安然向前追了两步就停了下来，他蹲在地上，哭得很大声，有点撕心裂肺。他说，每年他都会去他们之前租的房子周围转转，去学校碰碰运气，可就是不敢亲自向别人打听辛瑶的消息。现在终于再见一面，心却像穿了一个洞，而且这个洞恐怕这辈子也填不上了。

那天晚上，辛瑶给我打来一个电话，这是她最后一次打电话给我。

她站在自己家楼下，不敢以这个状态回家。她说，恨只恨她太不勇敢了，安然太不坚持了，如果当初谁能服个软认个输，他们也不至于会分开。她还说都过去这么多年了，大家再也回不去了，还提什么当初呢……说完，她失声痛哭。

从此以后，他们就像约好了一样，再也没有联系过我。我就像可以联结他们之间最后的纽带，是时候该彻底斩断了。

我理解，有些记忆只适合飘散在风中，人生也总有一次刻骨铭心的失去。但同样也觉得可惜，如果他们在没有风风雨雨的时候相爱就好了。可偏偏，他们的爱情赶上了最不好的时机。

他们在现实面前显得那么渺小而无力，就算想拿自己的一切为对方遮风挡雨，可风雨太大了，所有的努力最后都成了无能为力。

我们总在最没有能力的时候，爱上了这辈子最爱的人，在生活的戏谑下眼睁睁地失去和错过。

最后，告别来临的时候，只能感叹一句：“我们都很好，只是时间不凑巧。”

但凡告别，总会有伤有憎，任谁也不能做到毫发无伤。但如果非走不可，还希望你分得有人情味一些。唯有如此，当日暮酒醒人已远，分手才终将教会你如何去爱。

那个爱而不得的人，那个因为说不出口的原因就错过的人，那个不得不离开的人，虽然很久不见面了，虽然也很少在他的朋友圈下点赞或者评论了，虽然他的人生你已经没有任何话语权了，虽然你们都已经在不同的路上了，但你还是会想起他，在你脆弱的时候，在你一个人怀念过去的时候。

尽管他已经成为了过客，但你不知道，其实他是你生命最重要的过客。

爱上一个人的时候，
喜欢给对方递上一把刀子，
希望可以保护他，但往往刀口对准的是自己。
爱上一个人，就给了那个人伤害你的权利。

辛瑶曾以为，离别是离开不爱的人，
直到有一天才发现，
有一种离别，是离开你爱的人，
有一种离别，是擦着眼泪不再回首。

在天长地久之前，我们要学会如何分开

无论什么年代，爱情都很难去定义，也从来没有准则。正因如此，人们常常把一些说不清道不明的情感都归为了爱。可是，那些说不清道不明的情感，也许根本就不是爱。

有的人，总是把即将失去一件原本拥有的东西时产生的失落与不甘，以及看到别人得到了而产生的混合情绪，误解成爱。

他们为爱情孤注一掷，愿意倾尽所有，无论这段感情多么痛苦，无

论未来多么的渺茫，都宁愿像傻瓜一样不听人劝。这是钻牛角尖儿的爱。

有的人，会用自己的爱情把另一个人包裹着，即使不能在一起生活，也没法同偕白首，还是一如既往地爱对方，希望对方幸福和快乐。

最动人的一句话是："爱你是我自己的事，你不用管我！"是的，不管对方怎么伤害自己，不管对方多么糟糕，你还是无法自拔地爱着，用最大的宽容来原谅。这是无条件的爱。

任何东西，只要够深，都是一把刀。就像电影里一个人被长刀刺穿，伤者总是会说一句"不要拔出"。如果伤得太深，那个伤口和那种痛感就会成为身体不可或缺的一部分，只得这样过下去。

爱得太深，就会产生失去时的不甘，就会在看到曾经心爱的人投入他人怀抱时心生妒忌；爱得太深，就会无所谓回报，明知是万丈深渊，也会纵身一跃。爱得太深，就会痛苦、懦弱、卑微，不顾一切，会对所有的苦痛与伤害甘之如饴。

爱得太深，已经不再是爱了。爱情是两个人相互扶持，彼此陪伴与鼓励，为了对方努力变得更优秀，为了两个人的未来，努力活得更精彩。在一起时互相守候，分开时感谢彼此过去的陪伴，然后微笑并真诚祝福。

爱情，是美妙甘甜的，会有苦涩、痛楚，要懂得包容、忍耐，但不能为了爱情而无限度地忍受痛苦、接受伤害。爱一个人，会有不甘，会不忍离开，会因为看到对方新的伴侣而心酸，会对过去惋惜与后悔，但不能因为不甘、心酸、不忍离开，而继续去偏执地爱一个人。

有人说，如果你很爱一样东西，就放它走。如果它回来找你，那么它永远都是你的。要是它没有回来，那么不用再等了，因为它根本就不是你的。

人与人之间最适当的距离就是适可而止，走得越近，感觉会越远。无论你多爱那个人，也不可以太亲近。在天长地久之前，我们要学会如何分开。

当爱情变成了一把插进生命里的刀时，一定要拔出。你会疼得钻心，会痛得歇斯底里，会因为拔出的那一瞬间而血涌如泉。要相信，你不会死，更不会因为这样就没办法生活。

生命是一个持续的过程，不会因为一时的中断而停下，不会因为一次离别，一次伤害，一次跌倒而终止。每个人，其实都是越活越好的，而你也会越来越成熟、坚强、温柔、美好。

回想那些曾经念念不忘，思念时痛彻心扉的人，你曾以为那会是一生的不忘，一世的不舍，可数年之后，那不过是一个名字，你怀念的，放不下的，只是那段时光里的自己，只是那段相爱时的感觉。

这个世界，失去了谁，都会一如既往地生活下去。可能不会再遇见一个和过去一样的人，却一定能遇见一样的感觉，一种更让你心动、安稳，更让你愿意守候与相信的感觉。

有时候，人要有告别的勇气，才会有幸福的可能。

当现在的你可以很自然和朋友吃完饭闲聊到他，才发现当时让你食不知味、夜不能寐的他，终于变成了今天茶余饭后的笑谈了。

爱情终究死不了人，梦碎过便知缠绵悱恻的荒唐，不是所有的故事都有后来，后来不过是擦肩而过时的四目相对，你会礼貌地说再见，没有不舍，没有回头，坦然地化解了积攒了那么久的委屈与放不下。

有一天，你再想起他时不是沉默或哽咽，而是微笑淡然地讲述，那便是你从他那里得到最好的成长。

你以为很用力去做就可以做好一件事情，
但原来，你只是很用力地去做错一件事情。
爱情就像两个拉橡皮筋的人，
受伤的总是不愿放手的那一个。

辛瑶曾经以为认真地喜欢一个人就会永远，
后来终于知道最强求不来的就是感情，
最解释不了的也是感情。
所以也不再自责，
是不是自己哪里做得不好。

我错了，我曾以为付出自己就是爱你

有时候，突然想出发，去任何地方，不论是村庄或者荒原，只要离开就好。向往的只是不再见到一些人，不再过一种孤单的日子。想要卸下自己早已习惯的伪装，成为另一个自己，以此得到喘息。

因为你害怕了一个人的冷清，害怕了夜晚时的宁静，害怕了睹物思人，害怕了触景伤情。想要刻意忘记的，总会情不自禁的想起；想要放弃的，却无法做到洒脱放手。

有些感情，明知道不会再继续；有些人，明知道不值得珍惜，就算嘴里说着无所谓，而面对曾经深爱的人，谁都无法做到心如止水。

爱情里最心酸的是有一方从头到尾没说任何关于分手的话，只是冷漠地看着你，另一方却紧张得已如同亡羊补牢，用一滴汗一滴泪拼死弥补。

明明是两个人的感情和缘分，却只剩下一个人在死撑。

你无数次说要放弃，但终究还是舍不得。最难受的是不知道自己该放弃，还是继续等待，就像用手握住一只刺猬一样。痛，但又放不下，怕它掉下去之后会怎样，所以一直紧握着它，而它被你捏得很痛，你却固执地以为这就是爱。

直到有一天，当你知道你的爱只会给它带来伤害，而它也不需要你的爱时，你就会明白，原来还有一种爱，叫作放手。

你满世界挥手告别，却发现世界早已空荡荡；你想留一个洒脱的背影，却发现身后早已无人；你忍住所有回忆、所有的眼泪，良久才吐出一句：“分手吧。”心里却还是会傻傻地问：“为什么那天你不留住我？其实，再远……我都听得见啊。”

有时候，分手需要由还爱着的那一方说出口。

爱到最后，似乎从来没有谁更无奈，只有谁更自私。自私的那一个，才能不顾对方的感受，只等曾经所有的东西画上期限。所谓坚持，有时像是一种还贷，时间到了，就没了；有个人累了，就散了。

没有人能告诉你，离开一个人到底应该怎么做，你只能自己熬过无数黑漆漆的夜晚，然后第二天照常起床，假装什么事也没发生。

感情是两个人的事，他不爱你，你又何必强求。再深的伤口总会愈合，无论它会留下多么深的疤；再疼的伤痛终究会过去，无论它曾经多么痛彻心扉；再大的劫难也一定可以渡过，只要有勇气坚持走下去。

你会发现，一个人在放弃给别人留好印象的负担之后，原来心里会如此踏实。一个人不必再讨人喜欢，就可以停止受累。

在他的世界里，你笑过、痛过、满身疲惫，放手，是最好的解脱。不会再为他掉眼泪，不会再傻傻等他的电话，不会再苦求他不要离开。爱若卑微，便不再值得；爱若疼痛，就难持久。

真爱，不会为你的人生减分，一定是给你的生活加分的。好的爱情是你通过一个人看到整个世界，坏的爱情是你为了一个人舍弃整个世界。什么都舍弃不了的人，就什么都无法得到。

你离开他，更像是一种解脱，没错，的确会痛，但这也是放自己一条生路，因为留在这个人身边，你会痛苦一辈子，离开了，只是痛苦一时，所以不要被错误的人捕获，你不仅要找到对的人，更要学会离开错的人，离开，也是一种正确的选择。

我们都是在这无数次的放弃中蜕变成熟。当你能坦然接受事实并真正放手的时候，你才真正的成熟，每个人都要经历这种蜕变才能长大。

如果有一天，你发现你想起他再也不会心疼，提起他再也不会像从前那么失望，那千万记得好好谢谢自己，不是谁让你明白了什么是爱，而是你自己从那段艰难的时光中挺了过来。没有什么过不去，重要的是你勇不勇敢。

总有一天会明白，有些人能留在心里，
但不会留在生活里。

辛瑶暂时还忘不掉安然，
总在一个人吃饭的时候想，
走在夜晚的大街时想，听着歌想。后来发现，
不管安然在不在她身边，都不会改变她的生活，
她依然会吃、会睡、会玩，也会结交新的朋友。
原来，有的人这辈子也忘不掉，
但是不会影响你的生活。

总有一个人住在心里，却消失在生活里

你一定经历过这样的爱情，投入了最多的感情在对方身上，陪他走过了最多的青春，留下了最多的美好回忆，最终却只是止于回忆。

这个世界上最残忍的事情，就是你死心塌地爱着一个人，而那个人却已经不再爱你了。

他到底有没有爱过你？

这种问题，最好想都不要想起，就算想起，问问自己就够了。他

有没有爱过你，当然你心里有数：他在过去的某一刻应该爱过你，要不然你们也不会在一起。

他有没有爱过你，有什么重要呢？

你知道你曾爱过他，你在过去的某一段时间里曾经深深钦慕过他，这就够了。至于他爱不爱你，那是他的问题。

你可能会说：嗯，我那么好，我那么爱你，你怎么可能不爱我？你为何不爱我？到现在你后悔了吧？你选择错了吧？……

这只是另一种不甘心吧！他说一句爱你，就能让你梦中不再流泪，就能完全洗刷当年那种不被爱的痛苦吗？如果是这样，那只说明一点，你依然活在别人的眼光里，你依然是一株无根草，永远依靠别人的水而活。你依然幼稚如昔，难逃一劫。

其实，他爱不爱你，最清楚的，是你自己。

在爱情的世界里，从来都是如人饮水，冷暖自知。当两个人沉浸在爱情里，爱情会为你们画一个圈，圈子里是你们独有的世界和空间，是旁人看不懂的婉转和情深。

往往，爱情表面的般配与否，只是旁人肤浅的判断，至于这爱情的里子，是清茶、美酒，还是苦咖啡，只有当事人自己才知道。

对一份感情，你若迟迟无法确定，八成是他不走心；你若起疑心，往往是真的已经不对劲。他若真的爱你，你一蹙眉一眨眼他都看在眼里，你说过的每句话他都装在心里，见不得你受半点委屈。

他若不爱你，你再怎么流泪哭泣，他都不会在意。爱你的人，就算再忙也不会忘了联系你，就算再累，也不会忍心看你自言自语发满屏信息，就算再抽不开身，也会抽时间陪你……

喜欢一个人，就像纸里包着火，是藏不住的。

那些沉默就是答案，躲闪就是答案，不再主动就是答案，其实你早就该明白的。有时候，聪明如你，傻就傻在习惯欺骗自己，逃避了不该有的逃避，坚持了没必要的坚持。

忘了吧，算了吧，放了吧，接受吧，面对吧。

过去的就过去，就算他不曾爱过你又怎么样，又有什么关系？你曾经爱过他，你不后悔。以后你还会遇见爱你的人，你很幸运。而最重要的是，你终于学会了如何爱自己。

爱情这件事，勉强不了，住不进心里的人就放他走，走不进的世界就掉头。其实你害怕的不是放手，只是还不能接受他已经离开的这个事实。

原来过去缠着自己不放的不是他，而是自己。现在的你，是时候将自己的心锁打开，还一片明媚的天空给自己。

曾以为没有他，生活会变得很糟糕，也曾以为，无论过了多长时间，只要想到最终没有跟他在一起，总会心疼得无法呼吸。

可现在看来，他的离开并没有让你的生活变得有何不同。太阳每天照常升起，你的好日子还要继续。而未来呢，未来谁也说不好，可是现在这样的自己，你也不讨厌。

当有人突然从你的生命中消失，不用问为什么，只是他到了该走的时候了。所谓成熟，就是知道有些事情终究无能为力。

从此之后，你再没有任何秘密，终于可以轻装上阵，好好享受这世间的一切美好。而曾以为非他不可的那个人，终究被遗忘在时光里，成为一张泛黄的旧照片。

当有一天你再想起时，它会提醒你，爱让人变得勇敢，变得懦弱，变得成熟，变得坦荡，却不会改变你的人生。

念念不忘，是因为有太多不甘。
因为没好好爱过，因为那句爱没说出口，
所以才总是不甘、不忘。
所有未完成的心愿，都会化成执念。
所有未尽的爱，都是执念。

不管曾经被伤得多么深，
不管现在是否还在为安然心疼，
辛瑶知道自己会得到一个结果，
不再关于安然，而是关于自己以及未来。

世上没有未完的故事，只有未死的心

你喜欢一个人，他不喜欢你，并不丢人。世界上不是所有的事情都会按照你的想法进行，不是所有人都是我喜欢你，你也喜欢我，刚刚好。不是所有的遇见，不早一步，不晚一步，刚刚好。

陷入情感误区的人怎么也走不出来，安慰的话别人对你说了一千遍，可一句也听不进去。或许每个人的生命里都会经历这样一段时期，道理你都懂，可感情却不受控制。

没有人可以对没有回应的感情一直期待，它荒芜人烟，让人看不到尽头，心生绝望。你明明知道，如果一个人想念你，会找你；在乎你，会真情流露。你都知道，可就是舍不得走。

不是没疼过，不是没痛过，可你总想再等一等，期待着他或许有一天会回来找你，很多时候甚至不知道哪来的自信，让你误以为再等一等他就会回来。

你总为他辩解着那些冰冷的话语不是有意的，甚至都没有勇气回过头来正视他的无意，只是一直在逃避，不愿去承认这个现实。

你在他身上寄托了太多的幻想，想象过太多美好的情景，不想那么快就放弃了，你还在幻想梦到来的那一天。

无数次难过的时光里，总是会好了伤疤就忘了疼，每次擦干眼泪，转头就会笑着对自己说：没关系，谁让自己喜欢他呢。

那些藏在外表下，日夜隐藏起来的伤心和难过正一点一点的侵蚀着你，心里压抑着的防线正一点点的在瓦解，你感到了来自遥远的心灵深处的疲乏，就像有一些说不明道不清细碎的情绪正慢慢消失。

爱一个人，像已经变成了自己身体的一部分，理所当然的存在着，有时候甚至感觉不到，可要是真的到了割掉的时候，会舍不得。

有些事情是可以遗忘的，有些事情是可以纪念的，有些事情能够心甘情愿，有些事情一直无能为力。爱上他，这是你命里的劫。

谁不曾用力地爱过一个人呢？以为用尽全部力气付出所有，那个人就会回头看到你的好，直至耗尽所有力气和热情，精疲力尽，回头看看却发现把自己弄成了一个笑话。

喜欢一个人低到尘埃里，可能真的开不出花来，爱在卑微里扎根，哪里有向上攀爬的养分。相爱容易，相处难，分手并不可怕，怕的是一辈子将就。

不要以为你放不下的人同样会放不下你，鱼没有水会死，水没有鱼却会更清澈。

爱着的时候，哪怕你只有一种样子，有再多缺点，他也爱；不爱的时候，哪怕有千种美丽、万般风情，也不能让他再爱上你，何况你还不完美，走入人群中就容易被淹没了。

好的青春多半掺杂着遗憾，所有的告白最终都会输给告别。

是时候劫后余生了，不要再自寻烦恼了。人生就像是在雾中行走，远远望去，只是迷蒙一片，辨不出方向、吉凶。可是，当你鼓起勇气，放下忧惧和怀疑，一点一点往前走的时候，你就会发现，每走一步，都能把下一步路看得清楚一些。

那一瞬间，你会明白，曾经深爱过的人，早在离开的那天，已消失在你的世界。心中的爱和思念，都只是属于自己曾经拥有过的时光。

这世界上有成千上万种爱，但没有一种爱可以重来。

生命中注定会爱上一些人，但因为各种各样的缘由，未必能走到一起，但这并不妨碍你继续爱。只是有些爱，也许注定要成为回忆，注定要放在心底。轰轰烈烈地爱过之后失去，总比从来没有爱过要好。

也许现在的你，做不到提到他的名字却波澜不惊，也做不到把他放在通信栏里却不去点击。但你能迈出的第一步，也许就是不再联系。

你爱过的人和爱过你的人，
终究有一天会离去，
仿佛昨天还在拥抱，转眼便触不可及。

失去一份爱，并不能让一个人死去，
它只会让一个人更加拼命地活，活成两人份。
如果青春是坐上了一列永不回头的列车，
那辛瑶能做的只能是微笑着心存感激，
坦然地跟每一个阶段的自己好好告别。

所有的告别，都是对自己的告别

想到他的名字，你的眼睛里还会闪烁着少女般羞涩的光芒，仿佛一堆已死的灰烬，重新燃起了微弱的火苗。那个人，终究是你心底的一颗朱砂，哪怕多年不联系，却与你的青春紧密相连，抵死纠缠。那样盛大浩荡的青春，好像不轰轰烈烈爱一场，便是对时光的辜负。

年少的爱，是一场自顾自地执着。你一定为他做过不理智的事，一定陪他谈论过盛大的梦想，一定曾坚信过他是你能依靠下半生的人。

那个少年，也许不帅，但在你眼里，他身上有光。

只是太青涩的爱，总是难敌岁月的变迁。在那个尚不能保护自己的年纪，又拿什么来保护两个人未知的幸福。刻骨铭心的誓言，在掷地有声的现实面前，那么苍白，不堪一击。

那些爱过的记忆，逐渐在日常生活的琐碎里悄然淡去，竟好像从未发生。

但是有一种失落困扰着你，不是因为旧情，而是觉得错乱。这个人，明明和你的过去密不可分，现在却和你毫无关联。你记得他掌心的温度，记得在一起的每一个细节，却对现在的他不再了解。

因此你开始害怕一切改变，害怕曾经的交好变得疏远，害怕无话不说的朋友有一天无话可说，害怕情人背叛、亲人淡然。

你害怕和别人走得太近，害怕参加各种聚会，害怕车站的送别。热络后的冷漠，狂欢后的萧索，告别时的转身，都让你倍感孤独。

这种心态延续到爱情中，你便成为早早说分手的那个人。一旦感情偏离了预想的状态，你就会主动且急迫地摆出无所谓的姿态，提前转身。

原来爱不害怕路途遥远，也不怕时光流逝、物是人非，怕只怕，爱得不够坚决。以前你会认为，离别是别人背叛了你，现在你会认为，离别其实是一个自己背叛了另一个自己。

任何一个人离开你，生活始终都还在继续。没有人必须为你停留，你也无法保证为任何人停留。想清楚了，就不会有任何怨言。

生活是最高超的魔法师，它把相熟的人投掷在不同的轨道上，然后，用漫长的光阴将彼此塑造成不同的形状，把曾经浓稠的感情一点点稀释。最终，把一个你生命中很重要的人，挤压成一张名片、一个符号，无奈之外，再无其他。

时光，多么残忍，又多么慈悲，残忍到可以吞没所有美好，又慈悲到能够痊愈各种伤痛。

曾经的亲密是真的，现在的陌生也是真的。时间把你们变成最熟悉的陌生人，让你们短暂交汇，然后各奔东西。

你终于彻彻底底地完成了一场告别，和自己的过往，自己的执念，自己的青春，自己的幻想。

有一种告别，不是和别人，而是和自己。

你在这样的告别里，瓦解旧我，长出新我，把记忆捆绑在身上一层又一层的束缚，脱下、卸去，然后让那些生生揪扯的伤口结痂、愈合。如此，才能以轻快的步伐，向着更远的未来奔去。

告别无声无息，却时刻上演。你无法挽留，但那些记忆是爱过的证明，是对方存在过的印迹。

告别一份感情，告别一种关系，告别一段缘分，你终究会在一场又一场的告别里，一点点长大，活成现在的样子。

所有的告别，最后都会变成对自己的告别。告别自己的顽念，告别自己的狭隘，告别自己的不甘心和放不下。这世上的一切林林总总算下来，对自己至关重要的也不过寥寥几许。

所谓走时无人送别，归时无人接风，都是再平常不过的事情。然后在些许的遗憾和失落中学会了释怀，懂得了自爱以及如何去爱。

林忆莲有一首歌：往事不要再提，人生已多风雨，纵然记忆抹不去，爱与恨都还在心里，真的要断了过去，让明天好好继续，你就不要再苦苦追问我的消息，有一天你会知道，人生没有我并不会不同。

愿我们都能站在记忆的废墟上，不念过去，不畏将来。

谁也无从知晓故事最终的结局，
爱情和婚姻很多时候也是一种补偿，
补偿各自缺失的部分，对于曾经的付出，
不管多么不珍重，也会有所不舍。

命运将两个人逼到不得不放手的阶段，
强求不得时，辛瑶愿意挥手送别安然，
这辈子做过最好的事就是遇见他。
既然注定要分开，那么就各自天涯，彼此安好。

得不到的人总归是风，强求千百次也终究会走

当一场感情到了散场的时候，你只需站起来，鞠躬，然后选择退场。你不必强求，也没有埋怨，只是略带遗憾地感慨：那么好的一个人，怎么就不是对的那一个？

可青春就是如此“荒唐”，却又如此合理。你要知道，无论你遇见谁，他都是你生命该出现的人，绝非偶然，他一定教会你一些什么。

所以，你只需要坦然地走下去。无论你走到哪里，那都是你该去的地方，经历一些你该经历的事，遇见你该遇见的人。

当初，你遇见了一个温暖的人，爱笑、干净、说话温柔，为人也可靠。基于动心和了解，你和他恋爱了，爱得也很轻松愉快，于是你自以为遇到了对的那个人。

再后来，无名的火气，不痛不痒的摩擦，你们终究还是有了和别人一样的结局：他认真地说了对不起，你礼貌地回了没关系。

但即便是痛彻心扉的失恋，你还是很勇敢，自始至终都未在外人面前失态过。

对于这场飞花般浪漫温馨，急促又短暂的爱恋，你们满怀感激，同时又彼此祝福。只是因为明白你们并不合适：他喜欢高山流水，而你喜欢假面舞会。

于是你终于明白，经不起的，不怪时间；经得起的，也无关时间。爱的，不爱的，一直都在告别中。你还很年轻，没必要刻意遇见谁，也不急于拥有谁，更不勉强留住谁。一切顺其自然，把最好的自己留给那个对的人。

青春何其短暂，哪有那么多的时间用来恨一个人？既然不对，为何不放手？适时收手，最是恰当。丢了感情，不能再丢了尊严与姿态。

失恋了，你可以一个人哭，可以一个人躲在角落里伤心，但是当太阳升起的时候，你依然要笑着面对生活。

时间久了，你可能会想，也许自己并没有想象中那么爱他，爱上的无非是当时那个感动了的自己而已。

在成长的过程中，在与爱情狭路相逢的独木桥上，故意收起真性情去迎合一个人，你做不到。因为你知道，倘若因此改变自己，必定失去的大于得到的，于是，你从头至尾都不做戏。因为你知道，倘若总要委屈自己处处讨好，才能塑造、才能得到，那还不如放手更加从容。

不爱就是不爱了，又何必反复追问为什么？即使问了，答案也依然是伤心的回应，何必再在伤口上撒把盐？但当有人问起的时候，依然会笑着说："他是一个好人。"

是的，只有真正的好人才会让你伤心，坏人充其量只能让你反胃罢了。真正能将你摔痛的，必定是曾经把你捧上幸福云端的人，而种种伤痛都是由落差造成的。

万物生长，有花开就有花落；人聚人散，有相逢就有离别。离开的时候，给自己留一份淡然和优雅，留一份轻松和自在。离开时，不必强求，只须悄然离开。

人生的种种际遇如同漫长路途中的一个个驿站，总会经历停歇，经历离别。可成长就是这样，你必须马不停蹄地往前走，你必然要告别太多的人和事。直到你逐渐明白：离别、错过、遗憾是青春里不可逃避的词。

原来，在对的时间遇见对的人，那是童话；在错的时间遇见对的人，这才是青春。

你要相信，时间会把正确的人带到你的身边，相信有一个人正走在与你相遇的路上，请你好好照顾自己，别让自己因为积满了岁月的尘埃而陈旧黯淡，再也提不起劲来。

人生是一场盛大的遇见，你若懂得，请珍惜。

愿我们都能在对的时间遇见对的人，从此不离不弃。

生命中充满了各种各样的告别，
车站的告别、毕业的告别、远行的告别。
有些告别只是为了下一次更好的相见，
可有些告别却成了再也不见。

因为辛瑶曾拼尽全力的、不曾临阵脱逃过的、
勇敢的爱过安然，现在的她才会选择放弃。
爱情又不是游戏，
我进你退、你进我躲怎么会有结果呢？
既然相爱过，分开的时候，何必留仇。

最好不要让那结尾，夺走了故事的光芒

失恋是动词，一句话乃至一个眼神便足以完成。在猝不及防的节点将灵魂抽离肉体，所带来的痛感却持续在身心轮回。越是试图脱离其间，自身的抗拒与冲突越强烈，直至孤单带来虚无，久久不能自已。

以前总觉得“失恋”这个词包含了世界上所有的不完美：爱而不得、深情错付和遇人不淑，柔肠百转遇上冷眼旁观，小心翼翼换来毫不在意，视若神明却被弃之敝履，一个丢掉的，另一个去捡。

对于失恋带给人的感受，每个人都有自己的一套说法。简而言之，就好像心里被挖了一个洞，所以要用各种可能的方法补上那个洞，寻求安慰和寄托。起初，最难熬的就是回忆，而忘却又显得多么奢侈。

后来，一别两宽，各生欢喜。回忆熬成心尖上的结痂，而未曾忘却的，成为了生命中的小确幸。那个人的剪影，似乎成了很久以前，你听过的一个别人的故事。

那个时候真的很喜欢他，很想和他在一起。那个时候也真的很累，很想放弃。可是他偶尔的温柔总会让你觉得，如果他真的有那么一点点喜欢你，而你自己却放手了多可惜。所以，就为了那么一点不知道是否存在的喜欢，等了很久。

每一个人的生命里都会有这样的一个人点缀着青春，喜欢到最后，在一起或者不在一起都没关系，慢慢地从两个人的幸事，变成一个人的秘密。

离开一个人就应该是悄无声息的，不会刻意翻看他的动态，不会经常回忆他的过去。曾经那么多彻夜无眠的日子不会再有，曾经爱得死去活来的日子也不会再有。

我们都是用力地爱上一个人，然后再用力地将他忘掉。

选择一份云淡风轻的相离，悄无声息地退出他的世界。沉默着看着对方的生活灰了又亮，亮了又灰，以一个过客的姿态，坚持到最后。这是一场最美丽的观望。人生本就有着太多的忧伤与无奈，离开不是你想要的结果，却是注定的结局。

有些事情就像到了十字路口，总要分道扬镳。告别时用力一点，多看一眼，告别后就别回头，不是说有多坚定，而是知道，一回头看到那张熟悉的面孔，就会舍不得。

既然已经决定分开，那就索性洒脱一些，往事归零，爱恨随意。因为彼此相处不来的分手，总要比遭遇出轨容易走出来。

更加不必多挂念，千万人之间相互遇上就是缘分，至少已经互相陪伴着走了这么久，遗憾有，难过有，深夜痛哭有，但彼此诋毁不该有，互相中伤更不该有。

对于那个人的想念，就跟爱情一样是会耗尽的。一开始想他想得很苦，恨不得马上飞奔到他身边，再也不要跟他分开。后来的后来，没那么想他了，不是不爱了，而是这样的想念没有归途。再怎么想他，还是见不着，摸不到，只是用想念来折磨自己。

慢慢的才知道，要学着过自己的生活。再想他最后一秒，一秒过后，该整理所有与他有关的思绪，学会转身潇洒离去。转身之后，再大的风雪都不用害怕，不用回头，那里什么都没有。你需要做的就是，大步朝前，好好生活。

从此以后，这世界是彼此的距离。即使不愿，亦不惊、不扰、不恋、不忘，这是你最后的温柔，是一种对已然逝去之爱的尊重，也是你们之间最好的结局。

感情这东西是很难处理的，不能往冰箱里一搁，就以为它可以保存若干时日，不会变质了。世界上没有什么是不能过期的，秋刀鱼会过期，黄桃罐头会过期，纸杯会过期，连保鲜膜也会过期，可是至少它们都曾真实的美好过。

即便圆满也并非没有遗憾，即便分离也并非没有温暖。分开的时候记得轻轻地说一声：很高兴遇见你。

在一段变质的感情中，
究竟放下需要勇气，
还是留下需要更大的勇气？

念旧的人总是最容易受伤，
喜欢拿余生来等一句别来无恙。
只是你念你的旧，对方又能记你多久。
辛瑶选择放下，不是因为舍得，
而是因为，她想放过自己。

爱上是水到渠成的执迷，放手是自知分寸的应当

每一次离开，都并非突然做的决定，人心是慢慢变冷，树叶是渐渐变黄，故事是缓缓写到结局，而爱是因为失望太多，才变成不爱。

有时候分手真的不用发生什么惊天动地的大事，对于相爱的人来说，从来都只是细节里的爱情，他渐渐不耐烦的语气，越挂越快的电话，越回越少的微信，它们慢慢累积，最后在某个你不在意的小小细节里，感情分崩离析。爱是积累来的，不爱也是。

可是，总会有那么一段情，是你说不要了，却在听到关于他的消

息时，心隐隐作痛。

于是在很长一段时间里，你以为自己忘不掉这个人，以为自己再也不能好好地爱另一个人了，以为自己还爱着他，以为他还会回来。

明知道需要放手却放不下，因为还在等待那个不可能的发生，这种感觉真的很难受。也许，太容易失去的东西也许从来就不属于你。

爱情里，有人全情投入，就有人全身而退。它既能叫你一败涂地，也能叫你在曾经沧海后，波澜不惊。

然而有时候知道那不可能，却总希望能有一次重新开始的机会，曾经的误会可以解释，曾经的错误可以纠正，一切错过的美好，这一次都能紧紧握住。明知道那不可能，却在蓦然回首的一刹那，假想着能和他再有一次初遇，改写一次你们之间的结局。

你在幻想的时候，其实早已无法挽回了。爱情有多叫人目眩神迷，就有多销魂蚀骨。

这个时候，你要试着相信时间的魔力。就算你曾经以为很多东西会一辈子记得，慢慢地你就会发现，其实没有什么是不能忘记的。

也许某一天，你一不小心翻到了自己写下的日记，上面确定地写着“今天是我永远也不会忘记的一天”。看的时候你就在拼命回想，到底是一件什么事情让当时的自己写下如此字句?

可是，绞尽脑汁，却始终了无印象。日记中的那个人或许还可隐约记得，但无论如何都想不起来到底发生了什么。

任何事情，拿起都是容易的，可放下才是一种真正的成长。

爱的时候，承诺很容易说出口，生死相许乃至至死不渝，都是那么的容易达到。可有一天忽然不爱了才发现，原来仅仅所谓的斯守都是那么难以完成。

爱时，和他相处的每一个瞬间，都恨不得时光可以无限拉长，甚至永远定格；可是不爱的时候，才发觉每一秒的相处都很难熬，还惊诧从前的自己怎会那样糊涂。

爱的时候，你的唠叨是细心，你的调皮是可爱，你的脾气是个性。可不爱的时候，一切都成了缺点。

这时候，你就会明白，原来爱上是水到渠成的执迷，而放手是自知分寸的应当。

世界这么大，生命这么短，能遇见真的需要缘分，在爱里的人们都没有错，分手后也不要再去计较孰是孰非，都不过是爱情的手将人的心蒙蔽了而已。所以，不要轻易相信没有了谁就活不下去，也不要轻易相信什么人或事你会永远记得。

失恋时，最怕陷入一种悲伤的情绪里面无法自拔，可是，要知道，爱情不是生活的全部，只是一部分。要懂得不再强求对方，而是宽慰自己，在爱情里懂得拿起和放下，用宽容感恩来对待。而只有当你的世界真正被打开之后，才能明白，很多事，你只看到了眼前，却忘记了未来还有无限的可能在等待。

有些人走了就是走了，再等也不会回来；有些人不爱了就是不爱了，再勉强也只是徒然。有些人很幸福，一眨眼，就一起走到永远；有些人很幸运，手一牵，就一起走过了百年。有些人明明很努力了，却还是什么都改变不了……

你要记住，不是一辈子的人，不说一辈子的话，不勉强，时间会教你放下。

每个人都有不同的出场意义，
不得不接受，有人可以陪你到老，
就注定会有人中途离开。

故事的开始总是这样，我给你幸福；
故事的转折总是这样，我祝你幸福。
你好，这是辛瑶认识安然的最开始；
你好，这是辛瑶祝福安然的结束。

告别错的人，才能和对的人相逢

你是不是也曾有过一个很文艺的想法：努力让自己变得丰富一些，伤了累了也没关系，像一本精彩的小说，让爱自己的人爱不释手。

后来，你果真遇到了这么一个人，相恋久了，他却成了你爱不释手的那个人。也不知道是自己太爱了，还是因为他没上心，反正在吵吵闹闹之后，关于爱情的文艺想象沦落为一场忧伤的悲剧。

你试着遗忘，却发现回忆在疯长。

是啊，就算记忆悄无声息，流年也会开出花来。因为当爱一个人成为习惯，他就成了你心底最柔弱的那一部分，成了你的致命伤，成了你无法躲也不想躲的牢笼。

你的心里虽然有时充满了无望和无辜，但一种叫“爱”的感情已充斥了你的内心。

它既美好又让人感到疼痛，如果你发现自己已经开始依赖上这种感觉，那么所有的退路就全部被这种感觉封闭了。

有一种感觉总在失眠时，才承认是思念；有一种缘分总在梦醒后，才相信是命运；有一种目光总在分手时，才看见是眷恋；有一种心情总在离别后，才明白是失落。

原来，人们伤心的，并不是因为爱情结束了，而是因为当一切都结束了，爱还在。

爱情，是真真切切能够用手触摸、用心体会的，是你明明嘴里说他穿得十分土气，却大方地带他出入于大庭广众；是你明知他有着缺点，却还坚持要把他带回家给妈妈看；是你素有洁癖，却十分殷勤地为他洗油腻腻的碗……

是啊，曾经那么真真切切地爱着的一个人，怎么说消失就消失了呢？

可是，哪有失去后不怀念，哪有离别后不悲伤，哪有割舍后不心痛的？他又不知道你难过，但愿你知道如何才能戒掉对他的幻想。

在此之前，你唯一能做的就是，不求回报地想念着他，像喝水、吃饭一样习惯，直到你有了戒掉罂粟那样的毅力，才能戒掉这份眷恋。

如果做不到忘记，那么就选择坚强，坚强地接受他已经走远的事实。有些爱情是失去时以泪洗面，而得到时却索然无味。你以为自己爱着某个人，其实只是不甘心和不敢承认而已。

真正的生活是没有那么多情绪的，不管笑过、哭过、激动过、浪漫过、愤怒过，到最后都是过眼云烟。爱情的至高境界，是无惊无喜，平淡到底。

许多人在分手时，总痛苦万分，有抑郁，有抓狂，有卑躬屈膝。但许多年后，你再回头来看，却会发现那时的自己有多可笑。

得到一世的缘分，每个人的机会只有一次。离开不靠谱的人，机会才可以留给有缘的人。不放弃错，又如何找到对？所以分手是命运对你的垂青。

失恋并不是痛苦，而是幸运。

不要在爱情结束后，到处指责你曾经爱过的那个人，将他说得一无是处。既然留不住心，不如留下一份感情的纯洁，蒙了尘，也就减损了回忆的价值。

也许就是在这些失去和辜负中，你才能蜕变成熟；也许，当你能坦然地接受事实，并真正放手的时候，才能真正成熟。

就算没能走到最后，就算心存遗憾，也不必耿耿于怀，你有你的酸甜苦辣，他有他的喜怒哀乐，既然相遇的时间不足以让彼此停留，那就祝今后的对方，揣着各自的骄傲，互不打扰。

爱情不是在泥土里开出的花朵，而是泥土里的肥料，最后开出的那朵花，是你的人生。

希望你在该爱的时候绝不拖拉，在该离开的时候也很及时；希望你总是记得，对所有遇见了的人说谢谢。

分开了，才发现，
有时候爱就是费尽心力地全身心投入，
然后又不得不百转千回地抽身而出。

人办不到的事，时间都办得到：
时间在辛瑶不知不觉中已经用了功夫，
做了手脚，把恨一点一点从她心里搬走，
让她某天重遇安然，仿佛做了一场梦，
梦是遗憾加期待，
醒来便觉得那一场恨未免太可笑。

爱就疯狂，不爱就坚强

大道理很动听，时间会带走一切，但需要很长时间消化，人生最难的，不是拥有，而是放下。

每个人的一生都逃不开一场爱情。有些人在合适的时间里遇到，就像是在春天遇到花开，所以一切都很好。而有的人在错误的时间遇到，就像在冬天，隔着冰看见浮上来换气的鱼，只能看着，鱼换完气，沉到水下去，就看不见了，再也没有后续。但是能说在春天遇到花是对的，而在冬天遇到鱼是错的吗？

在错误的时间里遇到，就能克制自己不喜欢那个人吗？是不是仍然会用尽了力气想去接近，想尽办法去掩饰自己，甚至伪装成另外一条鱼。

你自动屏蔽掉他不爱你的讯息，留下的全是疑似爱情的蛛丝马迹。你最会自我安慰，也最擅长想入非非。你觉得他对你是有好感的，他没回复你的消息只是在忙没看见，后来就忘记再来找你。爱情让人盲目，但爱情不该让你失去自我，变得卑微。

如果你曾疯狂地爱过一个人，那么你就该懂得，终止一条道路的最好方式，就是走完它；终止一份感情的最好方式，就是全身心地爱过，然后告别。

不管你爱过多少人，不管你爱得多么痛苦或是快乐，最后你不是学会了怎样恋爱，而是学会了怎样去爱自己。

你和他，因为爱过，所以不会做敌人；因为伤过，所以很难再走到一起。所以你和后来的他，只能是两个最熟悉的陌生人。

当一个人不再爱你的时候，你的爱，你的人，就都会显得廉价许多。你处在了下风，那么你就会感受到他的搪塞和不在乎，这时候，千万不要替他找几个不是很高明的理由来哄自己，请不要再抱期待了，更不要骗自己。

当他不再爱你的时候，请不要在他面前流眼泪。不要在生病的时候告诉他，他是无法给予你照顾和关心的。别放弃本来属于你的骄傲，你要记得，只有爱你的人，才会真正地去疼惜你，你需要的不是旁观者给予的同情和怜悯。

当一个人不再爱你的时候，请不要失去自信。因为爱一个人，并非他是优秀的，而只是一种感觉，他让你有这样的感觉，于是你爱他。

同样，他不爱你，并非你不优秀。优秀不是爱的理由，看看还有那么多爱自己的人，淡淡的微笑，也一样的甜美。

当一个人不再爱你的时候，也一定要祝福他。有了爱，便不该有恨，爱是美好的，恨却丑陋。何必让生命中最美好的东西化作丑恶呢？

也不要觉得不公平，他失去的是一个爱他的人，而你失去了一个不爱你的人，得到了重新的生活、重新去爱的机会。

当他不再爱你的时候，请你深深呼吸一下。人生的路上，铺满了爱的鲜花，总有一朵是属于你的。不是在安慰你，这是生生世世早已注定的，只要你相信。

你要学会放下，拽得越紧，痛苦的往往是你自己，取舍间，必有得失，请相信一切阴霾终将过去。你要知道，再长的路都有尽头，千万不要回头；再快乐的心都有烦恼，千万不要在意。不要太依赖别人，因为即使是你的影子也会在黑暗里离开你。

当你疯狂地想念一个人的时候，当你鼓起勇气想听他的声音的时候，也许老天是在用另一种方式告诉你，停下来，好好爱自己。

那些你因为嘴硬而错过的爱人，就像下决心减肥时不吃的晚饭，会让你在夜深人静时难过得一发不可收拾。可是，当你第二天起床发现腰又细了，你就知道，饭不吃是对的，而爱人——能因为这样就错过的爱人，早晚都会走的。人生能有多惨啊，就决绝一点啦，能怎么样。

爱情就要果断，要非黑即白，要爽快，否则有什么意思呢？生命就像是一个疗伤的过程，受伤、痊愈、再受伤、再痊愈。

人生是一场相逢，人生又是一场遗忘，最终我们都会成为岁月路上安详而平静的风景。

CHAPTER · 3

无论人生重来多少次，总会有遗憾

如果有一本情感日记，
大概有些人会被你排在前面，
有些人则被你放在后面。
而那个人，妥帖地藏在伪装里。
每次一页页滑过，
无论从前翻起还是从后翻起，
总在无意中掠过他的痕迹。
因为他不在最前面，不在最后面，
而在你心里。

没有遗憾的人生是不完整的。
这世上，没有能回去的感情，
就算真的回去了，一切也已经面目全非。

- One -

周末，思思和阿亮去看电影，正在热映的《爱乐之城》。剧情很简单：两个生活在洛杉矶的文艺青年，一见钟情擦出了火花，丰满的理想与骨感的现实之间的摩擦，爱情面临困境时的争吵与沉默，事业和爱情两难的抉择……

电影最精妙的地方在结尾，导演善解人意地安排了男女主多年后重遇的那一刻，在脑内剧场上演了一出人生 AB 剧，若是当初没有分开，他们现在已经一起走上了人生巅峰。

人生有无数岔路口，爱情却又太脆弱，一个选择就很可能让它分崩离析，所以每个人心头都会有一个挥之不去的前任，让你在多年以后想起，依然如鲠在喉。

从影院出来，思思久久未能平静，电影结尾的画面始终萦绕在她的脑海。直到过马路时，阿亮牵起她的手，才将她的思绪拉回到现实。

这时，突然听到有人喊自己的名字，思思循声望去，竟然是林阳。

世事真是无巧不成书，刚看完关于前任的电影，居然就碰上林阳了，虽然林阳不算是她的前任。

“思思，真的是你吗？”林阳从车里走出来，穿着笔挺的西装，戴一副黑框眼镜，完全找不到当年的影子。

看着意气风发的林阳，思思紧张得表情僵硬，内心怦怦乱跳个不停，以至于下意识地松开了阿亮的手。

林阳歪着头问她：“思思，有几年没见了吧？你变了，那时你总是跟在我身后，叽叽喳喳地说个没完。”

思思抿了抿嘴：“你以前也不是这样的。”

两人寒暄了一阵，各自加了微信。看着林阳开车离开，思思转头看见阿亮低着头，眼神略显黯淡，天知道她当时怎么就下意识地松开了阿亮的手。

两人一言不发，默默地走着，思思很想去牵起阿亮的手，但是她怎么也鼓不起勇气，因为她的心从见到林阳的那一刻起，就种草了，放佛一下子回到了“那些年”。

人生如戏，身体逃得出戏外，心却还沉迷戏中。对于故人，经常会有这样的感觉，没听到他的消息时还能如常生活，可一旦得知他的消息，不自觉的还是会内心颤动，然后发现这些年来的坚强只不过是给自己营造的一副盔甲而已。

思思也不知道为什么，一见到林阳，她的所有坚强和励志，都软得一塌糊涂了。自己明明已经好了，已经忘记他了，可当他再次出现的时候，她才发现，原来曾爱过的人，是根本没有办法彻底忘记的。

有时，你以为的放下了，也只不过是你以为而已。

想要记得一段时间，总会先从那段记忆里最澎湃的某一处开始顺藤摸瓜，直到回忆展现出它最柔软的秘密。这个开始可以是一杯奶茶，一种味道，一首流行歌，一个初次遇见的场景。

在思思上大学的时候，对同班的林阳一见钟情。

只因有一天思思路过篮球场，眼看就要被球砸中的一刹那，林阳刚好来了一个英雄救美式的奋力一挡。所有的一见钟情，都跟心跳加速有关，后来思思回想：不知道究竟是被惊吓得心跳加速，还是被高大帅气的林阳打动了。

那天之后，思思开始期盼着每一堂课，她的眼睛总是无法克制地搜寻林阳的身影，耳朵像雷达一样捕捉林阳的声音。她还经常有意无意地制造机会，找林阳帮她修理衣柜、修电脑，修这个修那个，林阳也乐意帮忙。

一来二去就熟悉了，总之，两个人走得越来越近，思思暗自高兴，她以为，所有这一切的发展，都是爱情的前奏。她喜欢他，在她眼里他什么都好，做什么都那么美。他住进她的心里，梦里，眉眼里，微笑里，每一次睡前醒后的思念里。

可林阳迟迟没有进一步的表态。直到，思思知道林阳有女朋友，从高中就开始谈了，感情很好。

原来这一切只是个误会。多么美丽的误会，她差一点儿以为，遇到了一个她喜欢，也喜欢她的人。她以为自己会大哭一场，可转念一想，自己用什么身份哭呢？

后来，她对林阳的感情变成了“我喜欢你不能说，我怕连朋友都没得做”，两个人是要好的朋友，但其中的一个人先动了爱意，于是只能用朋友的身份默默爱着。

思思还是会关注林阳的一举一动，只是变得悄无声息了。她还是喜欢他，没有办法说服自己马上放下。

她苦笑着说：“我没有告白，没有做备胎，就一个人默默地喜欢着，得不到的，就不去伸手要。爱了就爱了，大不了就爱到毕业。”思思真的喜欢了林阳四年。

毕业之后，大家渐渐少了联系。兜兜转转，到他们再见时，已经是毕业后的第四年。

- Two -

后来，思思遇到了阿亮。那是她工作后的第二年。一次好朋友生日，大家一起去 KTV，阿亮也在其中。其他人都玩得很开心，只有思思和阿亮静静地坐在一边喝着饮料，两个人就有一搭没一搭地聊起来了。

她问阿亮为什么不去唱歌，阿亮坦白地说，刚和女朋友分手，没有心情。

思思说了一些无关痛痒的安慰话，阿亮突然问她：“你有过喜欢的人吗？”她被这个问题击中了，想起林阳，想起自己暗恋的那些年，心里还是有些酸楚。

不知道为什么，那天，思思在一个陌生人面前，毫无保留地说起自己的过往，淡淡地说着心里住着一个不可能的人，好像说着别人的故事。

阿亮听完，感慨地说道："暗恋这件事，就像在机场等一艘船。只有等你发现，在机场永远等不到船，才会幡然醒悟，才会去爱新的人。"他说进了思思的心里。

后来，又遇见过几次，也越来越熟悉。

有一天，阿亮问她："你还没有准备好开始一段新感情吗？"

思思反问他："你呢？"

他想了想，对她说："我不喜欢拖泥带水，感情结束了就让自己往前走。"

他热切地看着思思，思思尘封已久的心好像打开了一个缺口。阿亮并没有急着向思思寻求答案，这让思思感觉很舒服。

爱情有时候就是水到渠成，就像她曾经很喜欢吃番茄意面，但是阿亮最拿手的是黑胡椒意面，吃得次数多了，她觉得黑胡椒意面也很好吃。就在每天一点一滴平静的生活里，她慢慢接受了阿亮，不知不觉已经在一起两年了。

只可惜，因为林阳的突然出现，思思的心再次起了波澜。

以前有人说："初恋时爱上的那个人，会是你这辈子最爱的人。"人和人的出场顺序确实很重要，第一个真实存在于青春的人，会成为脑海里最顽固的记忆。无论时间过了多久，无论怎么自信已对他再无留恋，可只要他一句话或者一个眼神立马能把你打回原形，在劫难逃。

她突然发现，和林阳相比，阿亮竟然有那么多缺点，小气、不幽默、不浪漫，还经常耍小脾气。她自己也分不清到底是厌倦了阿亮，还是因为林阳的回归，让她对阿亮变得挑剔。

让人心心念念记挂的，永远是那未遂的爱恋。往事是一记重拳，在心底的角落里敲打，让你在经过熟悉的餐厅会想他，听到熟悉的歌曲会想他，看到相似的面孔，也依然不由自主会想他……

就在她苦恼的时候，林阳却主动约她见面。

在咖啡馆里，林阳看起来深情款款，蓄了一点胡子，但是帅气依旧。

“你真的变了好多。”林阳说。

“是吗，我自己倒不觉得。”思思不自觉拢了拢耳边的头发。

“我同学是个美女，我以前竟然没发现。”林阳开玩笑。思思脸红，不知道接什么。

“思思，这些年，我时常想起你。”

“可是这些年，你都没有联系我啊。”思思讪讪地笑。

林阳低下头，叹了口气，说："对不起，思思，我知道你喜欢过我，可那时候我……直到上次重遇你，我才发现，原来这几年，我从没放下过你，我心里一直有你。"

思思听出了林阳的意思，却没有回答。她不知道，自己那些年的喜欢，现在是否还在。

关于青春时期，一个人隐秘的爱恋时光，她已经模糊了很多。那时，她喜欢他，是真挚的、纯净的、毫无指望的，是天底下最大的秘密。

林阳被感动了，原来自己曾经被人这样默默地喜欢着，他隐约感觉到，但不能确认，直到确认竟已过去那么多年。很多人都有过那样的岁月，爱的时候不顾一切，被爱的时候浑然不觉。

"我好后悔，当年错过了你。也许是命中注定吧，老天又安排我们重遇了，如果能让时光倒流该有多好。"

林阳的情话说得真好听，这难道不是自己期盼已久的表白吗？

"我好后悔。"这句话大概会在人生中出现不下千百次。每个人都幻想过有回到过去的能力。如果改变一个动作或者一句话，也许很多事会变得不一样。可实际情况只不过是，他们偶遇了，勾起了年少情怀。

曾经朝思暮想的人真的和自己表白了，思思却并没有觉得兴奋，除了回忆往事的时候能找到熟悉感，更多时候，她感觉眼前这个人既陌生，又让她不知所措。又或许，只是因为，时光改变了曾经熟悉的一切。

- Three -

夜幕时分，林阳送她回家。

在小区楼下，林阳对她说：“你好好想一想，我会给你时间的。无论你做什么决定，我都尊重你。”

路灯下，思思默默地转身离开。

“我曾喜欢你，但现在不了。”林阳收到思思的微信，他什么都没有回。

有些东西错过了就是错过了。当站在时光的彼岸回头看时，时常会惦念的，除了爱而不得，还有那些被自己狠心拒绝过的心意。林阳是她的爱而不得，而她曾是他错过的一片真心。多年后，他们一起跌进回忆里，差一点儿误以为是爱情，却不知道，有些心动与心悸，也许永远只属于那时年少。

思思想起了一句诗：今生已不想见你，只为再见的已不是你，心中的你不会再现，再现的，只是沧桑的岁月和流年。

她喜欢的人，是夏天的最后一口绵绵冰，冻住了时间，没有开始的故事，无言的结局，仿佛是所有电影中的主角，是每首摇滚乐里愤怒的撕裂。他的样子是生动，他的名字始终叫"难忘"。

她喜欢的人，其实就是那个还没长大的自己，总觉得迟早有一天，她会赢回整个世界，再从讨厌的世界里，救出最好的自己。

她曾全心喜欢过的人，是那个不知道她心意的人。她当时得不到，也默默爱着，全然没有想过多年后，可以得到，又亲手放弃。

那段感情，对于思思来说，是一场遗憾，而对于林阳来说，又何尝不是呢？可是，这就是人生，因为遗憾而更加完整的人生。

多少遇见，曾经心旌摇曳？又有多少遇见，故作波澜不惊，各自归去？

当初为什么没发现？为什么不珍惜呢？拥有的时候，并不是不珍惜，只是那时年轻，以为人生还有许多可能，还会遇到很多人，然后，许多年过去了才发现，当初放弃的，原来也很好。可是，那个人不会一直等你。

每段爱情都有它最好的时机，当那个时机过去，所有的可能都变成不可能了。为什么要后悔呢？即使时光倒流，让你回到从前，结果也许还是会一样，二十岁的你，不可能有三十岁的想法。

后来的一切，不过是你一厢情愿美好的想象。因为没有在一起，才会想象各种的可能；要是在一起，却又有各种的不如意。烟火人间，大多数时候，你都走在一片迷雾里，却以为自己每次都做出了最清明的抉择。

时间对每个人都是公平的，或多或少，谁都有过遗憾。有些爱情，再也不会回来了，那你就接受它的消逝吧；有些爱情，未被珍惜，那就接受自己当天的决定吧。

打开家门的时候，房间里是如梦幻般的粉色。房子装修时，阿亮知道她喜欢粉色，特意找人涂的。

看到阿亮在厨房里忙碌的身影，她突然觉得很温暖。

阿亮看到她，咧开嘴笑："思思，你看，我做了一桌子你喜欢吃的菜。"

她差点落泪，为自己在某个节点上旁逸斜出的感情感到羞愧。也许是被阿亮营造的幸福场景触动到，她有点动容，还有什么比眼前的幸福更值得拥有呢？

时间久了，经历多了，人总会慢慢领悟：年轻的时候放弃了，以为那是一生，其实不过就是一段感情。不去打扰那些只能活在记忆中的人，也许这才是最适合彼此的距离。

他曾经来过就好，时间会让你忘记他，然后彻底地离开他。

分开后，每个人都会再次遇到一个人，一个懂得好好珍惜自己的人。至于旧情旧爱，就让它们留在很远的往事里。不能回到的过去，只能大步往前走，和对方相忘于江湖，让曾经的那段回忆，成为日后的下酒菜，在酩酊大醉的时候，提起他却只有会心的一笑，再无波澜。

失去的都是幻想和侥幸，得到的才是真实的人生。照片上的风景不管多么秀丽，幻想一万次，都比不上你历尽千辛万苦站在那里，亲眼目睹它的美好。

生命中有一个可以喜欢的人，
不管是曾经，现在，还是将来，
都是那么重要和美好的事。

思思曾赤诚天真地爱过林阳，
除了遗憾难过，也有满足快乐。
若干年后再想起，
能够说出“我曾赤诚天真地爱过一个人”，
这是思思一生之中，最为安慰的事情。

世间所有的感情都不负曾相爱一场

徐志摩在给梁思成的信中写道：“我将在茫茫人海中寻访我唯一之灵魂伴侣。得之，我幸；不得，我命。”

就像很多分手的情侣，觉得失去了对方像死过一次一样。你或许一度也偏激地以为，得不到就是命运的不公，后来经历多了，你才会明白，他想说的是：我将会寻找生命中最珍贵的，可以用灵魂相知的伴侣，得到了，是我的荣幸与幸运，得不到，那也是我的命运本该如此。

无论多么想要拥有的人，都会在命运面前妥协。再长久的爱恋与执着，终究有一天也会成为时间流逝中的一带而过，终究都要放下。

可还是有一些爱与执着，一生一世，丝毫不会因时光的磨砺而减退，反而在心里越点越亮，这也是一种命运。

世间最难以确信的，是关于爱情的承诺，多数人口中的一生一世，最后都成了可笑的誓言。无数的人因此尝尽了情感凉薄，最终归于平淡的柴米生活，再也不愿相信誓言。

世间最温暖人心的，也是关于爱情的承诺，或许可以经历日日夜夜，经历沧桑变换，经历斗转星移，经历物是人非。许多人，因为这样温暖的爱，活了下来，哪怕孤身一人，也依旧可以面若桃花，心带春风从容地生活。

宁愿相信，每一段相遇，无论悲喜，都是彼此的命运，因着曾经种下的因，因着定会结下的果。

如果你一开始就什么都懂得，那么便不会知道爱的悲怆和伟大；如果你一开始就什么都体会了，那么便不会知道如何去爱，如何接受爱，如何拒绝爱，如何带着爱过好一生。

总有一种爱，能与你一路相随，就好像那些依旧记忆在心中的人，愿他一如当初，爱你如故，就好像那些心中已经放下的人，愿你一如当初，爱之如故。

当一切都过去了，曾经爱过的人，还是爱着的；曾经放下的人，还是爱着的；曾经不愿再提的人，还是爱着的；曾经让你心痛的人，也能够尝试去爱。

我们都曾小心翼翼地爱过一个人，陪伴彼此走过了漫长岁月的马拉松，可能等在终点的并非彼此。但这一路走来，虽无缘到老，仍心怀感激。

很多年之后，如果在空旷的马路上，遇见那个曾经很爱你或者你很爱的那个人，请不要忘记对他微笑，因为在最美好的年华里，他把最温暖的自己献给了你。

岁月很奇妙，它把太多人拴在一起，然后又编织出各种理由把他们分开。尽管过程里撒满了热泪，却不后悔曾经相遇过。

青春，只有疼过、笑过，才有意义。只要把年轻的岁月赋予彼此，即使有一天分隔两地，还是带着满满的祝福，因为幸福从不会终止。

如果有一天，你突然失去了深爱的那个人，没关系，你已经学会了如何爱人，那就等待下一个他出现，然后把所有的温暖都给予。

曾经深爱过的，往往不是最后白头到老的，但那又如何，只求最美的时光相遇，包容彼此的任性和坏脾气，也依然能够相互微笑，便已足够。

在还没有遇见那个人的时间里，或许可以先尝试着去爱所在的世界，爱每天清晨醒来晒进窗格的阳光，爱雨天里的阴郁潮湿，爱身边看不顺眼的某个人，爱给自己投来温暖目光的陌生人。

慢慢的，爱成了一种习惯，在每天的生活里，在遇见与告别一个人的时候，不知不觉，或许就能找到命中注定的那个人。

很多爱情之所以没有结果，
并非彼此没感觉，
也不是输给了时间、距离，
而是缺少一份待对方如初的坚持。
每一段勇敢的恋情都值得鼓励，
每一段结束的爱情都值得祝福。

思思重遇林阳之后，才明白这个道理，
有时候，对一个人最好的祝福就是
不以任何形式出现在他面前。

善良，是为自己留下的路标

这个世界很多成功都可以通过努力去获取，唯独爱情不能。爱情是一场注定的潮水，而相爱的两个人就是一叶随时等待靠岸的小舟。潮来潮去，随波逐流，载沉载浮，在劫难逃。

每一段没有结果的感情，分手的原因绝不会只出在一个人身上，但很多人，却在分手之后把过错归咎于对方，急急地想要抛开自身的责任，企图塑造一副无辜的形象，听着毫不知情的旁人为自己说话，受伤的心似乎得到了安慰。

睚眦必报的爱情故事比比皆是。曾经亲密如连体婴的爱侣，要想做到和平分手，真的不容易，能做到分手后还能记得对方优点的人更少。

你也有一段现在想来很遗憾的感情吧，如果当年能好好说出来，故事会怎样呢？如果换一种方式说分手，会不会更好？

事情就是这样，当你有能力意识到那时候有更好的处理方式时，时机已经过去。让人遗憾的是，谁也无法倒退时光。有些话如果在那个时候就说清楚，或许早就皆大欢喜了。

我们无法覆盖过去，只希望能在一切来得及前能修正那些糟糕的错误。

和父母也好，和朋友也好，和恋人也好。很多时候误解就存在于那里，谁都懒得解释，便结成了心结。

如果当年都能好好说出来，事情也许就不会变成现在这样。只可惜，命运经不起假设。就算真的再次回到那个时间点，很多话你还是注定说不出来。

一个把爱情紧紧握在手里当作整个世界的人，是无法腾出空间去容纳更多的。彼时太年轻，毫无经验又爱得太用力，但若再重新走一遍，就算没有支离破碎，轨迹也不会改变多少。

人生的历练慢慢教会了彼此放下和宽容。你不得不去感谢很多好事与坏事的集合，让你成为了今天的自己。

毕竟每一个岔路都勇敢选择的人，无论结果，向前，便是好的。因为带着昨天的遗憾，才会更加珍惜今天的美好。

一个人对前任最大的风度，无论是爱还是不爱，人前还是人后，对于曾经爱过的人，都不应该恶言相向。

分手后仍然真诚祝福对方安好，不但是在向对方展示善意，也是一种为自己积福的善行。那时候之所以会爱上，肯定是因为他好，就算他不再爱你，也不是他不好，而是你们之间的缘分已经走到了尽头而已。

我们都说，爱是一见钟情的遇见，是两情相悦的后来，是你和我最终成了“我们”。可是谁能笃定，灰姑娘和王子一定能白头到老呢？

爱着的时候，就欢天喜地地谈论未来，满心认定爱有所归是最圆满的结局；不爱的时候，就将心底最深沉的情感瞒天过海，以看似最漫不经心的祝福，向对方轻声道别。

或许不会再见面，或许你找到了另一个人，他也找到了生命中重要的人。你们在各自的新生活里消失，你还是会怀念，不是怀念他，而是怀念爱过他的自己。醉过才知酒浓，爱过方知情重，你爱过他，他自然也是有优点的。一切的好都是因为爱过。

大概相爱的路上本就需要披荆斩棘，大概很多人都会成为爱情路上的牺牲品。没有爱错过，没有失去过，就无法抓住最后那个陪伴着的人。

感情有很多种，对一个人好，不一定要和这个人在一起，因为你知道他最宝贵的是什么，你希望他能幸福。

爱是没有退路时说的“祝你幸福”。你要感谢他给了你最温暖的爱，虽然最后没有再相逢，你也一样要快乐，为你、为他、为你们。希望他在你看不到的天际，张开了双翼，遇见他的注定，她会有多么幸运。

“我很好，希望你也是。”这是分开后，最想说的话。你把自己摆到前面，因为他早已不是你的。分手后的再见面，从来都不会是一场叙旧，而是一个试炼，考验着自己对爱、对他的能耐。

祝福，是相爱过后的毕业证书。很高兴你终于完成了这个仪式。

如果生命是一趟无法回头又无法循环的旅程，
这一路再苦再累也要保持微笑，
起码在最后告别的时候，
彼此留下的都是自己最好的样子。

也许思思早已不再喜欢林阳了，
只是习惯了有他，她不是失去了林阳，
而是失去了最好的青春。没在一起也挺好的，
如果一早就在一起，或许他们也就不是他们了。
感谢遗憾，成全彼此。

人生没有白走的路，每一步都算数

也许再过很多年，当你看了太多的风景，过着简单质朴的生活，过去的故事就会随风而逝。可是你知道，也只有你知道，世界上总有那么一个人，会永远成为生命中的一部分；总有那么一些事，会永远成为生命中的一个习惯。

爱情其实是一种习惯，你习惯生活中有他，他习惯生活中有你，拥有的时候不觉得怎么样，一旦失去，却仿佛失去了所有。

习惯一个人，习惯了他的性情，习惯了他的可爱和可恨，习惯了生活中有他。这一切，像融进了血肉骨头，并不能像戒掉咖啡或是香烟，那么轻易地可以头也不回就割舍。

习惯的力量是那么的强大，即便爱情不在了，深爱的人离开了，彼此仍然会无意识地延续着相爱时做过的那些事情，依旧守着内心的那些痕迹，仿佛能与这些回忆度过孤独而漫长的余生。

大多数人都能够拿得起放得下，但是与心爱的人分手以后，又有谁不曾保留爱情中一些小习惯呢？他带走了爱情中所有的一切，却唯独把习惯留给了你。这般残忍，这般无情，可你却偏偏怪不上他，因为这一切明明与他无关。

有时不得不承认，爱的习惯与印记已经深深刻在生活里，吃穿住行，没有什么能逃过爱的影子。甚至有时候，尚且没有发觉那么深爱某个人，可自己的行为已经率先被改变了。

因时光流逝而不忘初心，因流年消散而不忘初衷，重感情的人，都有一种习惯，善心善意，不忘初始。

有些人爱着爱着，就如一粒种子，种在心里，生根发芽；有些人走着走着，即使不见了，再相遇也是初始的感觉。这辈子，不是容易遗忘，而是容易被现在的记忆蒙蔽了双眼，遮盖了原本内心的声音。

构成爱的，从来不是那一句我爱你，也不是肢体上温柔的触摸，而是一个个思念的片段，一处处无法割舍的感觉，一种永不放弃的习惯。

天天在一起亲吻的人不一定就爱着，时时倾诉着我爱你的人不一定就爱着。有的时候，爱就在沉默里渐渐聚成深海，在离别中渐渐汹涌澎湃。

也许是一种说不来的情愫。只是觉得奇妙，生命里总会来来往往的经过一些事和一些人，可是总有某一件事、某一个人在初遇的时候就给你与众不同的念想，像是别离很久的重逢，从心底生出一丝丝的雀跃。只是因为一点点相遇的火种，就能照亮你的笑容。

爱情百转千回，有些人在离别之后兜兜转转仍会重聚，彼此会更加珍惜，而有些人就不会那么幸运了，即便心里思念着，偶尔会因为各种原因走近，可终究只能是一个过客。

分开后，总会或多或少地保留着曾经爱的习惯，别人或许不知道，但你的内心里一定会知道自己到底对曾经的爱情有多珍惜。同时也明白，保留着爱的习惯并不代表仍然深爱着那个人，只是舍不得自己曾经走过的路与留过的泪，还有那回不去的爱情与青春。

如果有一天，你的生活中没有了他，你会记住他对你的好；如果有一天，你的记忆中没有了他，时光会记得相遇时的每分每秒。

当一个人习惯了另一个人的时候，即使没有喜欢和爱，依旧会感到失落。感情的世界里没有公平，在一起的日子，会是彼此今生最美丽的回忆。

仍保留着爱的习惯并不可耻，也无须介意，他的温柔你存下就好。他可能并没有在意，也不知道哪个瞬间就留下了好看的一笑。

没关系，你且将他存在心底，过往的日子里曾在一起，今后不论是否各安天涯，都可能在无数开心或者难捱的日子里想起他曾经的温柔，那是你再次鼓起勇气的力量。

人与人擦肩时，会投来短暂且善意的目光，
以为只是在浅显地打量，
但对方表达的是友善的“你好”，
如果伸出手，便能并肩行走，
要是错过，便再无下文。

后来，思思终于明白，
时间决定她会在生命中遇见谁，
她的心决定想要谁出现在生命里，
而她的行为决定最后谁能留下。

你用离开的方式教会我珍惜

某天，无端想起一个人，他曾让你对明天有所期许，却永远不会出现在你的明天里。

这个世界有许多事情，你以为明天可以继续，有很多人，以为可以再见。于是，在你放手或者转身的时候，心中所想的，只是明日又将重聚的希望。但是，就会有那么一次，在一放手、一转身的刹那，有的事情就完全改变了。

总有一些人，你再也没见过。或许已经过了多年，或许只有短短的几天。或许机缘未尽哪天还会再见，或者这种“再也未见”的状态再也不会改变了。

那些人，或许是旧时默默喜欢着你的。你知道所有细枝末节的关注，能察觉所有有意为之的示好，你愿意空气是温的，不太冷也不太热，你不拒绝或者有时就当不知道。

也许你只是在等，等那个人的好积攒到你奢望的厚重，才终于温暖妥帖心意安定。一晃时间过了，问候似乎少了；一晃时间过了，你在街边看见那人在十字路口对面牵着另一个人的手等绿灯。

然后你发现，某一段路，自此亮起红灯，再难前行；一晃时间过了，那个人，你好像再也没见过。

遇见的人，不一定都会在遇见之后慢慢消失不见。但的确，不是所有的人都会留下来。

那些人，或许是旧时你真心以待又或者辜负的恋人。温暖的时光必定是有过的，你记得那个人的好，一句情话，一次回眸，一声嬉笑，习惯性的小动作，出人意料地拿出不名贵却温情用心的礼物，这些你都记得。

你也记得自己待那个人的情意。总是有诸般的计较，计较那个人的一些小习惯，计较一句话，甚至计较那个人遇见过的人、经历过的事情，但更多的，是百转千回的放不下。

一晃时间过了，或这或那，总之是散了；一晃时间过了，生活还是继续的；一晃时间过了，在某个细小的时刻，你突然想起来，那个人好像再也没见过。

谁都知道，秋天未必是用来收获的，而生活还能继续，这已不算太坏。“我等你”应该是一句谁都说过的话。眼见着那个人要迟到了，你会说：没事，我等你；眼见着那个人有别的事更要紧，你会说，没事，我等你。

年少时，这句话容易说也容易做。有时间等，就不急着做决定，不急着让人家做决定，是一件多么幸福的事情。风水轮流，赶多了时间，也总有被时间赶着走的一天。那些人，你再也无暇去等时间把他们带回来，所以偶然想起，只剩一句再也没见过。

故事有时候就是那么不经意，一个人遇见另一个人，一个人会留恋另一个人，都是命中注定。

有一个人，曾经那么在乎你，你却不把他放在心里，直到失去了才觉得可惜；有一个人，你是那样在乎他，在乎到痛，他却没有珍惜。

人生漫长崎岖的情路，不过就是为了让人明白可惜，也懂得了珍惜。

年轻时以为能遇上许许多多的人，其实机缘，也不过那么几次。

时间是种极好的东西，原谅了不可原谅的，过去了曾经过不去的。那些曾经的浪漫和天时地利，到了今天，已经统统过期，当年陪在身边的那个人，也早已选择了中途退票离席。余生漫漫，许诺无果，只求把握当下。

也许偶尔想回到之前的时光，但你知道，人始终要学会向前看。当年纪渐长，终于明白，所谓爱情，没有太多偶然，同样也没什么必然，只不过是紧握在手里的那一份珍惜。

每个人都要奔向终点，回忆，
不过是多一次离别，留下的都是万幸，
经过的都该感谢，离开的都要释怀。

思思曾深爱林阳，
可惜后来走散了，而走散的人，
是很难再回到最初的样子。
当林阳再次出现的时候，
她无法确定自己还爱不爱他，
但就算再爱，他们也已经回不去了。

这世界，没有能回得去的感情

生活中缺少爱情的确让人遗憾，可爱情有时候真的是一种奢望，或许共同生活的两个人都曾深深爱过彼此，可情感最禁不起岁月的摩擦，两个人在一起久了，磕磕碰碰，是是非非，感情就成了一杯茶，越泡越淡，慢慢变成了白开水，没有了香气，连温度也逐渐消散。

兜兜转转，在时间这场洪流中，双方再也无法回到最初的起点，也都不是当初的模样。

破镜重圆是一种美好的愿望。有人说千帆过尽后还能在一起那是真爱，而也有的人说破镜重圆依然是破镜，除非两个人重新打磨另一块镜子。

感情里，能破镜重圆真的很难，伤透了的两个人很难再找回曾经。

爱情就是要现在进行时，过去的，再也不是爱情，只是旧情而已。所以，不论再怎么喜欢一个人都不要选择旧情复燃。

分手再复合的情侣，不知道有多少是因为不甘心，而非舍不得。

曾经你爱过他，付出了很多，最后却什么也没有得到，但感情不是一场赌博，你不能保证每一次的下注都会赢，当初离开你的人，还会离开你第二次，你幻想的那些美好，不过是梦一场。

所有的路，回头路大概最难走的。

你说在一起的时候他对你很好，他把你挂在心尖上，含着怕化了捧着怕摔了；他记挂着你的一日三餐，你的日常小事都被他当作大事重视；早安晚安天气预报日程安排都由他一个人说；你的喜怒哀乐，他都放在心上。

你说你喜欢和他一起成长，一起经历的过程。你说你很念旧，而且上瘾。你说他现在回来了，而你刚好也放不下他。

可是，爱过，已经爱过了。爱，过了，就不会回到过去了。大多数时候，看似在怀念一个人，实际上只是在怀念一段岁月。

不是所有的感情都有结局，分开的理由有千万种：合理的、不合理的、不可思议的、无法让人信服的，但最后都只有一个共同点，就是结束。

那句“等我回来”和“我等你”的约定，在时间的长河里被无声无息地浸泡着，直到踪迹皆无。

爱情的面孔有许多种，从来没有通用的评判方式。柴米油盐的爱情可能是真的，灵魂相伴的爱情也可能是真的。但重蹈覆辙的爱情，一定不是真的。

曾经受过的煎熬、折磨、猜疑、失望，通通都要再来一次。重新接纳那个人，适应他，以前说过的有趣无趣的话重复着再说，温故却不知新。

有些事情真的跟勇敢毫无关系，仅仅是因为难以为继。对某些事物和人的眷恋不是不再了，只是那份眷恋，真的走投无路了。

真的爱情，和其他好的关系一样，应该是一种增强力量的过程，而不是一个削弱力量的过程。它应该会让你在生活中感到更多的现实感，而不是让你感到虚幻，感到你的独立坚强没有意义。

当你们之间失去信任，当你对他不再有安全感，当你们看不到未来，当他对你冷淡却对别人嘘寒问暖，当你累到不想再抱任何希望，当你发现一次次的回头只会重蹈覆辙，你就会放弃，尽管你依然爱他。

慢慢的，你会觉得所有回不去的感情都有它的道理，而所有回不来的人，也自有他的原因。说实话，你有多久没睡过一个好觉了？睡不好的你，是心里有故事，还是心里有故人？

既然选择了分道扬镳，不如给感情留一点尊重。就让那些回忆一直存在，不要试图弥补，也不要再去消耗。曾经的爱和信任，也会一直留在记忆当中。

不必追问对错缘由，洒脱地挥挥手，即使今后再相逢，也会波澜不惊。你不必惊慌，在以后长长的岁月里，总有人待你如初，疼你入骨，从此深情不被辜负。

愿你有诗、有梦、有坦坦荡荡的远方，过去不回头，未来不将就。

你永远分不清那些错过的爱情，是因为遗憾，
所以美好；还是因为美好，所以才遗憾。

几岁的时候，有人问白头偕老是什么？
思思会说，是一个成语；
十几岁的时候，有人问白头偕老是什么？
思思会说，是一个男孩；
现在，有人问白头偕老是什么？
思思说，是一段过去。

有些爱只能止于唇齿，掩于岁月

你曾爱过一个人，在那段岁月里，他就是你漆黑世界里的一束光，他站在哪里，哪里就是方向。

你曾怨过他，分开的那一天，你失去的不仅是一个人，还有那漫长岁月里唯一的梦想。

这不公平啊，但是感情恰恰不能用公平来衡量，如果你要用公平去衡量一份付出、一份感情，那你从一开始就输得一败涂地。

其实，你早就知道那是不公平的，只是因为你对一个人念念不忘，

所以另一个想走近你的人都没有机会。你爱上了一个出现在你生命里几天、几个月的人，却从来没爱上一直陪你的人。

日久生情自然是最靠谱的剧本，然而人的本性却始终在追逐一见钟情。

年轻的时候，你总是觉得爱情很简单，就是两个相爱的人在一起。长大之后才发现，爱情并没有想象中那么简单。当初以为只要能苦尽甘来，只要最后他还在你身边，什么困难都不是事。

可后来才发现，时光匆匆，经不住似水流年。兜兜转转了几年，彼此也许经历过不同的人，不管当初因为什么分手，但心底最放不下的，还是那个人。

有些事情是不可以勉强的。恋爱是双程路，单恋也该有一条底线，触到了底线，就是退出的时候。

这条路行不通，你该想想另一条路，而不是在路口徘徊。没有谁要记住谁一辈子，走过了，就该原谅，该遗忘。

在爱情的世界里，有一些幸福的人，也同样有一些痛苦的人，时间往往将两个熟悉的陌生人，分成此岸和彼岸。

一个人离你而去后，世界依然是安静的样子，而你的心，却再也回不到最初的安静。于是你终于明白，很多人不需要再见，因为只是路过而已，所以遗忘就是给彼此最好的纪念。

多情是一个人最大的优点，也是一个人最大的缺点，有些伤、有些痛其实一直在，只是不去刻意想起。

原来以为，有些事情错过了，还可以重来，但越长大越发现，更多的事情是，一旦错过，便成了永远的遗憾。

可是即便如此，你也不必遗憾，因为每一个人都有青春，每一个青春都有一个故事，每一个故事都有遗憾，每一个遗憾都有它的美。

人生总要丢掉一些想要的东西，才能长大成熟，我们最怀念的故事，都在那段长长的、不能跨越的距离里，都是在那个再也回不去、修改不了的青春遗憾里。

年少时，你交出了错误百出的答卷，温柔地爱过，也激烈地恨过；甜蜜地幸福过，也痛苦地伤害过。

纷繁复杂的聚散离合后，曾经爱过的人，最终成了熟悉的陌生人。当你们各自行走在人生路上，在渐渐的成长中终于明白：年轻的自己真的不懂爱情。

任何故事，有开始，就有结局。如果结局是一个并不完美的句号，那么就悄悄地转身，走向下一个方向。优雅地离开，这是面对生活的淡然态度，也是一种人生智慧。

人生曲折漫长，生活总会让我们经历更多的人和事。爱的，不爱的，一切都在告别中。如果你爱的人放弃了你，请放开自己，让自己有机会爱别人。

总以为长大后就能真正地相伴永远，
但是当真的长到足以告别青春时，
才突然发现，原来长大只会让彼此分离。

也许林阳永远不会知道，思思从“不能没有你”
到“没你也行”这中间的经历。
就像她现在喜欢吃黑胡椒意面，
但有时仍然想念番茄意面，在心里留一个
最佳位置，也对，过去的事要找个位置放下它，
否则，哪有位置给最好的那个坐呢？

无论人生重来多少次，总会有遗憾

感情，是人生里最大的易耗品。年少时一次次无疾而终的倾其所有，结局也许是真的成为一个吝啬的人，再没有过深的爱与恨。

不想失望，所以不再对任何人寄予期望；不想失去，所以不再依赖任何人；害怕结束，所以避免了一切开始。到最后，学会的不是如何爱一个人，而是如何在爱里保护好自己。

或许人的感情真的是有限的吧，年少时倾注得太多，消耗得过早，后来就会自然变的冷漠与防备，越来越难以感动、相信和去爱。最大

的遗憾不是错过最好的人，而是当你遇见他时，早已把最好的自己，消耗得所剩无几。

可不管那段感情的结局如何，你和他都有着相同的感受，那就是都是真的努力过。

在那个只敢爱却不懂如何经营爱的年龄，你和他就是这样自以为是地努力着。用固执作为深爱的解读，将伤害作为相爱的表达，还没来得及抵抗现实与流年，就因为一点误解匆匆丢盔弃甲。

不顾一切地喊着爱，却从不去明白爱里要有包容、担当与行动的付出。

时间是个神奇的东西，不管多么荒唐的事物，只要被它加以冲刷，都会变得合乎情理、心安理得。

要用多久才能坦然面对，才能直视那些合乎情理中的真实因果，才能让自己有真正承认后的心安理得；要用多久，那些破碎过的、崩塌过的，才会被你赋予存在和经历的意义。

如今只得感叹，人生中相见恨早的概率其实远远大于相见恨晚。是年轻曾让你义无反顾、倾尽所有，可到头来，或许也是败给了年轻。

每个人都是在爱恋中陪着彼此一起长大的。

每个女孩也总是因为遇见某个男孩开始改变和成长。从剪着短发的假小子，变成长发飘飘的窈窕淑女；从娇惯蛮横的小公主，变成懂事温柔的大女人；从那个情绪化、不讲理、爱哭鼻子的小女生，变成做起家务干练娴熟，心里有着一本信手拈来的佳肴菜谱的准家庭主妇，坚强忍让的连自己都认不出。

后来，你为他磨平了棱角，他为你拔掉了身上的刺。只是你们转过身将彼此赠予了他人，为下一个陌生人做了美丽的嫁衣。

再后来，彼此都长大了，成为了更好的自己、更好的爱人。

终于在匆匆开始的那年，懂得了如何去勇敢，如何去温柔，如何去包容，如何去担当。终于明白，匆匆那年的你们总是迫不及待去爱，可真的在一起后，就会忘记了小心翼翼的疼爱。喜欢上一个人很容易，可是要在内心最深刻的地方去珍惜，却很难。

人总要经历失去才会懂得珍惜，总得彻底伤过一颗心，才能学会呵护另外一颗心。

长大后的你们，虽然谙熟了如何避免幼稚的伤害，却往往也失去了开始的勇气。

如果说老天安排的那些过去是为了让你们在爱的这条路上再多一

些磨砺和学习，那么千万不要曲解它的意图，它从未说过，年少时倔强相信过的东西，再不值得相信。

不再年少的你们，最需要学习的是不疑真心，是依然敢爱如初。

这一切都会过去。你会熬过这段时间，总有一天会变回那个相信真、热爱善、追求美好的自己。你会长成一个温婉娴静的女子，会褪去身上那层暂时令自己厌恶的皮囊，你会焕然一新、笑靥如春。

你会安静淡然地正视你曾心爱过的人，会对曾中伤你的人报以微笑。你会自信地把长发挽起，会干干净净地走在安静的街道上。

你会在某天温暖的午后，在街角某个小咖啡馆享受阳光照射在脸上的温度，还会有一次意外的邂逅。而终究有一天，会出现一个笑容温暖，眯起眼睛看着你傻笑的人，拥着你。

你们都曾付出真心，以不同傻气的方式。只是当时理解不了彼此，谁也不要觉得亏欠对方，爱情并无须太长久的缅怀。

你知道的，无论人生重来多少次，总会有遗憾。

想念一个人，需要深刻的烙印；
接近一个人，需要满怀的诚意；
爱上一个人，需要十足的勇气；
放弃一个人，谈何容易。

思思知道，
想念一个人的滋味，就像欣赏一种残酷的美，
然后用很小很小的声音，告诉自己坚强面对。
幸好，时间也把寻常旧事变成美好的回忆。

心里装着你，想念就很美

时间也许能改变一切，也许会冲淡一切，但却改变不了你对一个人的想念。因为在这个世界上，总会有一个人，即便是给你一包砒霜，你也会当作蜜糖一样吞下去的。

你看，你爱的时候，那么用力，可到了不能爱的时候，你的想念还是停不下来。

为什么小说里的人物坚强又洒脱？因为作者常常大笔一挥白驹过隙，翻一页，起新章，他们就千帆过尽、往事随风。而你的每个夜晚

却要自己慢慢熬，上帝在每一分钟里给你十个机会软弱，怎么都等不到那一句“多年以后”。

在生活中走失的那个人的所言所行，好像全都闪烁着光芒，太过刺目，于是你用力地闭上双眼，但内心还是无法停止对他的憧憬。

有时候你问自己，假如没有想念的人，那该多好？不用受想念之苦，也不用伤心。然而，不用受想念之苦，可也不会有想念的甜蜜。有一个可以想念的人，毕竟是幸福的。

他的身影总是盘踞在你心头，你会每天想起他很多遍，想着他这一刻正在做什么，你会想听到他的声音，想挨着他的肩膀，想见到他的脸，想伸手摸摸他的鼻子，想知道他今天过得好不好。

当他在另一个城市，你总是时时刻刻惦着你和他之间的时差，用想念把时差补满。

想念一个人的滋味，怎么也无法说得清楚，那心房里就像长满了衰草，即使是微风轻微地拂过，也能引起哗哗颤响，脑海里回荡着全是他的名字，全是他的声音，全是他的笑语，全是他所有的一切。

想念一个人的滋味，手机总是拿在手里，却还是颓然地放下，一遍又一遍地按着那几个烂熟于心的数字；想念一个人的滋味，是当电话响起时，总是会心慌意乱兴奋到不知所措，也是看见来电显示时的失落与沮丧。

想念一个人的滋味，总是呆坐在电脑前，对着屏幕发呆，屏幕上的及身边现实的世界都已经消失不见了，脑海里却一遍遍反复地想着，此时此刻的他。

在想象着他在哪里？在干什么？是不是也能体会到了这份思念？是不是一样也会心有灵犀，也会心神不安？

想念一个人的滋味，是放下自己所有的矜持，听风起舞，让它飘向那个人，带着你的心里话飞向他；是看见天空中飞翔的鸟儿，便希望自己也能够插上翅膀，飞到他的身边。

想念一个人的滋味，是抛开对任何事物的感念，一心一意只是在心里念着。如果能想到他的一个凝眸、一个微笑、一声温柔的低语，便足以让你对所有的付出都觉得无怨无悔。

爱情，是永无止境的想念，是永远放不下的牵挂，是心甘情愿的牵绊。

你问："可不可以不要想念一个人？那种滋味太苦了。"苦的，不是想念，而是没有应答的想念。当你想念他的时候，他并没有想念你。他从来不像你想念他那样想念着你；苦的，是没有归途的想念，从此以后，他想念的是另一个人。

曾经眷恋的身影已然远去，但你永远不会忘记想念着一个人的那份深情，不会忘记当时的自己。

总有些人会慢慢淡出你的生活，你要在失落中学会接受而不是止于想念，想念只会让你止步不前，变得惆怅念旧。

失去一段感情，你感觉心痛，当你心痛过后，你才会发现，你失去的只是你心中的依赖，当你学会放下心中的执念，一切又会再次美好起来。

遗忘很难，有人看完一片星空睡前浮现回忆里的脸，有人忙完整天空闲翻起曾经留过的言；有人窝被窝看电影一整天想起看过的蓝天，有人清醒时忍住眼泪夜晚一人去买醉。

失恋的人听歌里唱，唱的都是自己，才发现原来回忆有坐标，一起走过的路、一起听过的歌、一起看过的电影，往事就藏在这里。

原来每一段恋爱，只要在心里面，就已经是天长地久了。

只有懂得了离别的意义，
才能更珍惜人与人之间的一期一会。

思思终于能接受，
她和林阳不会在一起的这个事实。
她唯一能做的就是，
继承那些林阳拥有的让她着迷的品质，
和阿亮好好地生活下去。

我会记得你，然后爱别人

放下一个喜欢了很久的人是什么感觉？就像你的面前有一杯滚烫的热水，你握住了它，滚烫的温度使你的手心变得生疼，但过几分钟，水的温度降低了，手心的疼痛感也减弱了。再过几分钟，那杯水已经冷却了，手心虽然不疼了，但那种酥麻感还存在。

时间一久，不是不爱了，而是那种爱被存放在了内心深处。

爱情难免悲凉，总有跌宕。在那些生命最耀眼的时光里，你曾执拗到无可救药的把一些根深蒂固的情感植入脑海。或许，每个人在面对感情问题时，总会遇到一些繁乱的情况，不知道该怎样去面对，不知道该怎样才能走出困境。

唯有把一切交给时间，时间是最好的解药。虽然会有悲伤，但是，爱情不就是这样吗？受伤了，拿一段时间疗伤，然后继续寻找爱。

人生的这一趟列车旅途漫长，有些人会陪你走一程；有些人也许只是来到你身边给你温暖、陪你疯狂；而有些人来到你身边，只是为了抽走你生命里的一些东西，然后下车，回头告诉你什么是失去。

爱是习惯，不爱也是，把所有的伤痕都交给时间来凝固。当初是那么的喜欢，提到他都会很兴奋。慢慢这份兴奋变成了心疼，再慢慢变成了心酸，然后就释怀了。

听到他的名字，没有了那份心动，也没有了那份踊跃。时间是深海，所有的悲伤痛苦就像是溺水的人，放进去后也会挣扎。刚开始可能会很痛苦，总会沉没，偶尔想起他，却不会再有什么特别的感觉。

再刻骨的人，再深藏的事，也耐不住时间的软磨硬泡。别沉浸在往事中难以自拔，别让回忆成为一种羁绊。

感情里，最重要的是彼此尊重。谁的故事里没有卑微过，谁的感情里没被轻视过。所谓的山盟海誓、天长地久，无非是枕边的一场梦，醒来时天已亮。多年以后，各自寻找自己的梦想，把那些曾经温馨的往事深埋心底，然后，彼此朝着不同的方向渐行渐远。

一辈子就这么长，为了相遇已经花光了大半的运气和时光，在余下的那些琐碎的日子里，也许回忆才是一种更完美的守候。

以前会想，那些光芒万丈的人出现在生命里，然后消失有什么意义？

后来你会明白，喜欢一个光芒万丈的人一点都不可怕，能遇到让你付出的人，是一种运气。遇到就该珍惜，在喜欢的同时，把那些想留下的品质都留下，把自己变成值得爱的人，就不会辜负这段相遇。

即使总要散场，但青春一定要倾尽全力去爱、去珍惜。因为那些曾并肩同行的人，都会是岁月里最好的纪念。

时光总会让你成长，当初看不清的、过不去的坎现在都不算什么，那些你认为无法放下的事情，也终究会被温暖填满，人生并没有太多的坚持与约束，无论多么灿烂热烈的东西，到最后回首总变得波澜不惊，你不必去责怪什么，岁月催人老，也让人安然。

你曾遇见过他，喜欢过他，这已经足够美好。你希望他变得更好，配得上你曾经的喜欢，配得上你的回忆。你会记得他，然后爱别人。

每个人要走的路都不同，有的人一直向前行，有的人兜兜转转，有的人倒车后行，但无论朝着哪个方向行，总会有机会遇见。感情的世界，其实都是一个循环。

CHAPTER · 4

愿你依然敢爱，像不曾受伤一样

面对离别，你就有面对离别的勇气；
度过离别，你就有度过离别的智慧；
走出离别，你就有走出离别的经验。
在一起时的惊天动地，是真的；
分开时的生离死别，也是真的。
人生最大的勇敢，就是经历过离别，
还能保持信任和爱的能力。

- One -

小慧和韩洋最后一次见面的地方，是在小慧喜欢的餐厅，里面洋溢着愉快的圣诞气氛。韩洋一直在给她夹菜，他说这个好吃，那个有营养，就像以前一直做的那样，小慧甚至有错觉，觉得就算是开始聊聊八卦谈谈心事也没有什么不妥。

她没有动几道菜，还是硬生生逼着自己咽下了一口汤，韩洋叫来服务员买单，然后把她送出门。在门外边，韩洋一边抽烟，一边问她："要不我们拍一张照片吧，留个纪念。"

那张照片，后来跟着韩洋漂洋过海地离开再也没有回来。

韩洋走的那天，小慧气喘吁吁赶到机场，只看见韩洋乘坐的航班显示"已出发"，才意识到无论是坐在飞机上，还是留在某个人的机场，等待自己的，都不止挥挥手那么简单。才发现自己依然没有进步，还是一副手无寸铁的样子。留不住要走的人，连面对往事的逆袭，也束手无策。

她从机场回来就直奔我家，拽上我就直奔各种购物街血拼。

没等我问她，她就自己安慰自己："没事的，我挺好的，不就是失恋吗？我可以买包啊，包治百病。"

分手后的小慧，表现得跟平时没什么两样。还是常常在下班后约我一起吃火锅，围着热气腾腾的食物和我聊天打趣；还是会在周末的时候去健身房，大汗淋漓之后发微信告诉我她又瘦了；还是偶尔跟我抱怨上司的难相处，也会偶尔加班到很晚。

她仍然有充实而丰富的生活，会转发自己喜欢的歌，晒自拍。小慧的表现，不像是一个刚刚结束七年爱情长跑的人，倒更像是她的生活里从来没有出现过那么一场爱情。

不久之后，我有事路过小慧家楼下，想着也许她还没吃饭，就顺便买披萨带上去一起吃。按响她家门铃，小慧打着哈欠给我开门，走进她家的那一刻，我突然有点心酸难过。

小慧以前是一个精致的姑娘，精致到了矫情的地步，做一顿饭能开窗通风半天，她说烟火味太大，她住着不舒服。

可是那天，我所见到的小慧的家，桌子上堆满了外卖盒子，沙发上堆满了新衣服，连商标都没剪，满屋子散发着各种食物混合的味道。

直到那一刻我才清楚的知道，结束了一段七年的爱情，对小慧来说，并不是那么云淡风轻。分手后，有些人看起来轻松而无所谓的样子，其实也只是看起来而已。

每个人治愈伤口的方式都不一样，有的人歇斯底里，有的人纠缠不放，有的人郁郁寡欢，可小慧都没有。她选择了不停地买买买，假装自己很快乐，有时候假装到自己都信以为真了。

分手这件事情，听起来好像挺容易的，不过是两个人回到最初未曾相识的原点，重新开始生活罢了。

可是只有用力爱过的人才知道，分开的那种感觉，像突然被剥夺了最美好的记忆，像把呵护了很久的东西，一下子摔碎在地板上。

但又能怎么样呢？第二天，还是要打起精神去工作，还是要吃饭，还是要生活。只是心觉得空落落的，突然就不知道自己所做的一切是为了什么。规划好的未来，一下子就变了，想要发泄又不知道能够找谁说。

害怕自己变成一个笑话，所以尽量活得光鲜亮丽一点，尽量假装自己根本对这一切并不在意。在失去这件事情上，谁也没有办法变得理性。

- Two -

我总觉得小慧的恋爱运一直不好，明明道理都懂，但总是感情里容易受伤的那一个，无论是认识什么性格、什么样子的男孩子，她都逃不掉受伤的命运。

上大学的时候，她爱上了同年级的一个大才子。才子引用了荣格共时性的理论，来形容他们之间的爱情是人世间最“有意义的巧合”。小慧立马就沦陷了。

然而，才子的为人却配不上他才子的称号，脚踏两只船不说，被发现了，还美化自己，说自己两个都爱，两个都不舍得放弃，让小慧继续和他在一起。

面对如此无耻的人，小慧果断离开，却依然伤心欲绝。

她说：“无论如何，他都是一个深情的渣男。”

我立刻反驳她：“打住吧，渣就是渣，哪有那么多形容词。”

小慧因为爱情受挫，伤心过很多次。

她真的是全心全意的对人家好了，但爱情不是读书，你好好学习就可以考个好成绩；也不是工作，你咬牙拼一拼，业绩会给你一个答案。恋爱是靠运气的，你把能做的都做了，剩下的事你说了不算的，能不能有以后就看命了。

后来小慧又遇到一个男孩，因为交往时间比较短，分开的时候没有那么撕心裂肺了。她找了很多朋友去家里陪她，每天出去吃吃喝喝，血拼，唱 k，要比一个人在家里熬着好很多。

吃吃喝喝要花钱的，血拼和唱 k 也要花钱的。失恋是一场洪水猛兽，需要找一个闸口发泄才行。大部分的闸口开闸都需要费用，没钱真的很惨。

再后来，就是和韩洋分手这一次。

正如电影《北京遇上西雅图》里的一段台词："他是世界上最好的男人，他也许不会带你去坐游艇，吃法餐，但是他可以每天早晨都为你跑几条街，去买你最爱吃的豆浆油条。"

韩洋会在小慧加班的夜晚去接她，带她去吃热乎乎的宵夜，然后送她回家；他会在家给她做三明治，小心翼翼地将草莓酱抹成心形的图案；他会带她去看电影的首映，也会在周末的时候带她到处走。

和大多数女孩一样，韩洋是她整个青春的回忆，也是她记忆里最清晰直白的画面。但也和很多情侣一样，他们最终止步于异地恋的魔咒。

那天，我们一边吃着披萨，一边聊着她和韩洋的过去。然后，一起打扫了房间，累了就直接躺在她柔软的床上，还敷上了面膜。

“你这次的伤心期有点长啊？”我说。

“毕竟在一起七年了。你知道吗？有很多感情分开的理由，因为不爱了，因为喜欢上别人了…但我和韩洋，分开不是因为不爱了，而是因为当下的我们没有坚持下去的信心了。”

说完，又哭起来。我只好不停劝她。

小慧整理了一下被哭皱的面膜，说：“你放心，我哭一阵就好了。我妈告诫过我，哭的时候先摘隐形眼镜，摘完隐形眼镜就不自觉想要做个面膜，做完面膜涂好眼霜，想想辛辛苦苦保养好，何苦再哭坏这一切。”

听她这么说，我用手势给她点了个赞。

她用余光看到赞的手势，忍不住笑了：“失恋而已，难道我还要殉情吗！我这个人啊，折腾了这么久，就是死心不了。无论我告诉自己多少次，放弃吧，你这辈子就是遇不到那个人了，但是对我来说，一直渴望有一个爱我的人可以陪我走完这一生。所以，我得努力赚钱，把自己打扮得美美的，好让我爱的人看见我啊。”

“你每次失恋都买买买，我真怕你破产了！”

“哪能啊！”小慧在接下面膜的那一刻，向我传授了一条至理名言：“我是一个失恋的惯犯了，用这么多年摔的跤告诉你，钱买不来爱情，但能在你难过时，买来快乐。”

还真的是这样，你坐在路边喝着啤酒，哭得再凶再美，也很难遇到下一个。所以你要走出去，接触很多不同的人，头等舱里坐在你隔壁的男孩儿，风景区下午茶坐在你隔壁的青年，出去喝酒时朋友带过来的朋友……

真的，握在手里的钱是不会背叛你的。在你难过的时候，看看存款，如果很多，你真的会心里踏实很多，因为它可以创造很多可能性。

我们并不是拜金主义者，也不会为了钱不管不顾放弃底线。但有钱的好处是，失去一个人，你不会感觉到全世界都抛弃了你。因为，有钱，你就可以去看全世界。

更重要的是，即便是哭，第二天你也会爬起来继续努力赚钱。没有那么多时间让自己沉湎在伤痛里。这个道理，早知道早幸福。

- Three -

失恋了，那就失恋了呗，有什么大不了的，全世界每天都有人失恋，你有什么不一样？梁静茹在歌里唱到：离开错的，你才能拥有对的。

你老是和前任藕断丝连纠缠不休，怎么会有机会再去遇到对的那个人呢？还有，总得从上一段感情中学一点什么，吸取一些经验，长一点记性，下一次就不会伤得那么惨。

你说你缺乏安全感？可是安全感这东西，从来就不是别人给的，是要靠自己赚的。别人给了你安全感，可是你总是患得患失，担心那个人哪一天忽然就不爱你了。

与其把所有希望都寄托在别人身上，还不如把生活的重心转移到自己身上，花精力好好提升一下自己。不论是自信心、外貌，还是气质方面，只有投资自己，你才不会永远失败。

比起爱别人，要更会爱惜自己，疼惜自己，让自己一点一点往更美好的方向发展。

在自己的人生还一塌糊涂的时候，就别乞求碰到好的爱情了。你在什么样的层次，就会遇到什么样的人。你没有能力、没有资源，又懒惰、不上进，怎么可能遇见优秀的另一半？

别人升职加薪，你在为情所困；别人提升自我，你在为爱伤神；

别人事业成功，你还在廉价的爱情里死去活来。你的人生除了爱啊、恨啊、男人啊，还有什么?

明明这个世界上还有很多比恋爱更有趣的事，看书、健身、旅行、努力工作，哪一样不比在错爱里纠结好得多?

不是说年轻的时候不要谈恋爱，只是想说，无论哪个阶段，你的人生都不该被爱情占据。不要谈个恋爱，生活就围着男朋友转，太没出息了。一个没有自我的人，不配拥有好的馈赠。

把时间和精力投注到能提高自己的事情上来，实现人格和经济独立，让自己外表更美，内心更强大，灵魂更丰富，你自然会拥有想拥有的一切，优秀的伴侣也会如期而来。

一时的孤独不可怕，可怕的是一辈子浑浑噩噩、庸庸碌碌。

有钱不代表你快乐，但在同样失恋的情况下，一定比没钱快乐。没钱又失恋的时候可惨了，一无所有，又穷又落魄，失去爱情就跟失去全世界似的。

有钱就不同了，你有资本承受失去，你也有能力找到治愈自己的良方。你在哪都是哭，可在纽约哭就是比在这路边哭听起来要高级的多。

想一想分手之后的你，整晚整晚哭得眼也肿了，黑眼圈也冒出来了，皮肤粗糙还满脸痘痘，却因为没钱买一套护肤品好好抚慰自己，这就是恶性循环，越来越穷，颜值越来越低，精神状态也越来越差，这样的你怎么能遇到好的爱情？

而如果你有钱，失恋了你可以刷卡买买买，约闺蜜做高级spa，去商场血拼，把自己打扮得焕然一新，跟公司休年假去国外散散心，途中遇到心仪的人，把上一段失败的恋情抛诸脑后。这才是美好人生的正确打开方式。

一次性把眼泪流光吧，哭到自己哭不出来为止。然后把泪水擦干，化个精致的妆，去买喜欢的衣服，去和有趣的朋友聚会，你会发现能让你笑的不止一个人。

与其无谓地自我折磨，不如告诉全世界，你单身了。没有什么失恋是一个新欢解决不了的，如果你不想随便找新欢，那就把失恋当作自己的升值期。

就像小慧一样，会在突然醒过来的一天里，想念那个干净利落的自己，会花整整一天时间打扫干净屋子，也整理好心情，努力赚钱，等待着下一次相遇。

当你变成了更好的自己，你也会吸引到更好的人。

这是一个功利又现实的时代，每一个敢于去喜欢、敢于勇敢表达喜欢的人，总是显得那么的可爱。愿你即使经历过爱情的残酷，也不要失去爱的勇气和提升自己的能力。

要记住，你将来遇到的爱人，他所有能吸引你的气质里，藏着你走过的路，你读过的书和你爱自己的方式。

爱情把两个毫无关系的人捆绑在一起，
也正因为这种捆绑而渐渐失去自由，
但是你怎么忘了，最初你需要爱情，
并不是想要弄丢自己。

当一段爱情结束后，每个人收获的都不同，
有失落，有难过，有教训，有解脱……
但在回望自己过去的时候，
也是自我剥离和反思的过程。
它让小慧从心碎中跳出来，
找到一个全新的，依然相信爱情的自己。

好的爱情可以让你活成自己喜欢的模样

陷入爱情的人都会变傻变卑微，丧失理智吗？

一刹那脑子里转了不少的弯，最后的百般怅然都化作一句感慨：遇上一个正好的人真的太难了，一场两情相悦的恋爱根本就是天方夜谭。

如果爱情真的会让人迷失自我、丧失理智，那还是不要谈恋爱了。或者是否要时刻提醒自己，再遇到喜欢的人，坚决不犯傻，一定要随时保持高度理智。

可是，永远那么理智，就永远不会懂得爱情了。

年纪还小的时候，最怕的不是遇不上喜欢的人，而是遇上了，根本不敢向前迈出那一步。

因为内心还没有强大到有十足底气和自信，只要是遇上了自己喜欢的人，始终是敏感多疑的，始终是自卑的，也始终是倾尽全力的。

你原以为自己能在爱情里收放自如，可以全身而退，没想到还是高估了自己。你变成了自己最不想成为的那种人，整天疑神疑鬼，没完没了的矫情，没有了自信，迷失了自我。为什么会变成这样？真的好害怕失去他。

每个陷入爱情的人都是这样的，这就是爱情的魔力。谈恋爱时，似乎喜怒哀乐都不属于自己，你以他的心为心，以他的意为意。再理性的人面对爱情也会失去理智，你因他而喜为他而悲。

这样谨小慎微的敏感和战战兢兢的爱着，太卑微了。只不过是喜欢上了一个人，怎么就能自卑成这样呢？

其实，你已经足够好了。你已经独自走过很多的地方，也已经遇上过很多人。你全心全意爱过，也彻彻底底恨过。你失望过、孤独过、伤心过、痛苦过。

很多难捱的时刻都是你一个人走过，那么多四下无人的街角，那么多大雨磅礴的夜晚，那么多踉踉跄跄的坎坷，那么多挑灯夜战的困难，只有你自己一个人，但你也熬过来了，不是吗？

你已经是平凡生活里的星辰，也早就是披荆斩棘的英雄，大风大浪见过，平淡日子也经历过。你可能有点孤独，在不为人知的夜里失声痛哭；你可能有点心意难平，觉着生活对自己太辜负。

即使总自嘲玻璃心，即使被笑话太软弱，即使不是什么绝世惊艳，但开心也笑过去了，难过也挺过去了，没有拖累别人，也没有玩弄自己，想想这么多年，好像自己把自己照顾的还不错，已经很厉害了。

爱情会让人变得多愁善感，变得丧失理智。但是请相信，好的爱情会让你成长，让你变得更加美好。

爱情是生活中的必需品，但不是全部。爱得太用力，太辛苦，最终会累死彼此以及爱情。与其紧紧地抓住对方，令对方喘不过气，为什么不让自己变得更加优秀，用人格魅力吸引对方呢？

深陷爱情的人最初都会经历无比矫情，极度缺乏自信的阶段。总觉得自己付出的比对方多，爱的比对方深。其实有时候，不是对方不在乎你，而是你把对方看得太重。把对方看得太重，就会看轻自己，容易迷失自我。人只有先学会爱自己，才值得别人去深爱。

每一个扎进爱情长河的姑娘，都有过恐惧、迷茫和对未来的担忧。在没有学会游泳之前，你像抓住救命稻草一样，紧紧地抓住身边的人。殊不知，这样很容易让彼此身心俱疲。

如果想要顺利地到达幸福的彼岸，你必须要学会独立，学会成长，才能和对方自由自在地游过爱情长河，到达幸福的彼岸。

爱情一定是一场持久战，总要你来我往过一阵子才能明白个中滋味。独自生活的这些年就是你的底气，珍贵的爱情不是没他不行，而是有他更好。

所以即使你今年二十多岁甚至三十岁，也没有紧张的必要。没经历过爱情的人，怕的是慌不择路痴心错付，而可能经历过一些感情的你，却更怕食髓知味后的孤独。

但是，请记住，好的爱情就是可以让你活成自己喜欢的模样。

擦肩而过时，总觉得就算错过了彼此，
也一定能遇到更好的人，
可是再回头看看，的确有可能会遇到，
却再也提不起那么爱一个人的心了。

离开的人是生命中的一个选择，
却不是这辈子唯一的答案。小慧选择不停地向前走，
是为了遇到能让自己有勇气继续走下去的人，
生活中充满了变幻与奇遇，从失败的过往中走出，
天地更宽了，内心更丰盈了，
而过去的自己已经不再重要了。

愿你依然敢爱，像不曾受伤一样

成长不过是由无数的离别构成的相遇，爱情大抵是这样。所有大张旗鼓的告别都是试探，那些心口难开的告白都成了遗憾。

遗憾没有珍惜在一起的时光，那时总以为未来很遥远，人生很漫长，那些美丽的地方永远都在那里，今天去不了可以明天去，今年去不了可以明年去，总有机会一起去欣赏美丽的风景。

风景虽然一直在那里，可两个人并不一定会永远在一起。等他从人海消失了，你的心才像失重了一样疼得发慌。他的确教会了你爱，

却没让你信服这世上会有不离不弃的爱情。

这一路，也曾拼命死守过一份感情而后失去，又在无数个起风的夜里几度恐慌再也遇不到那样一个人了。后来因为年纪，因为距离，因为各种原因，很难再说出一句我喜欢你，那时才怀念起当初的狂热饱满和肆无惮忌。

真可惜，怎么就渐渐丧失了喜欢一个人的能力。其实你只是多了保护自己的警惕，习惯了远远旁观的淡定。

谁也说不清这个时代是一个什么样的时代，每个人都失去了很多，太多人从身旁离开甚至都来不及告别。那些人和事只有在失去以后，才会觉得可惜。

其实你失去的，不是别的，正是勇气。你不是没勇气给对方机会，而是没勇气给自己机会。爱不敢用力爱，恨不敢用力恨，错过了又觉得可惜，接受了又怕受伤。

一个人愿意一直陪在身边，那不就是爱吗？为什么要一等再等，等对方主动开口说爱吗？等对方主动拉起自己的手吗？在爱情里为什么要一再试探，勇敢一点不好吗？

人们总说，在爱情里谁先动心谁就输了，其实爱情哪有什么输赢可言，两情相悦在一起，只会有更美好的事情发生。

爱上一个人是命中注定，邂逅一段浪漫的爱情却是需要自己有足够的勇气，谁都渴望一生一世一双人的美好，但这并不能说明爱错了就不该拥有爱情了。

相反，爱情永远都大公无私，善待你我，你若是相信它，它必然会成全你。

不要再当胆小鬼了，为什么要因为一次遗憾而不再相信爱情呢？难道你会因为看过一部很糟糕的电影就不再看电影吗？你顶多只是不再看这个导演或是这个演员的戏。

爱是每个人的权利，若因为受过伤而从此不再相信爱，那就是放弃了幸福和快乐的权利。

爱错一个人而已，为何非得伤心？如果因为一直流泪哭肿了双眼而被错过，那才是人生该遗憾无奈的事情。

总有一天，你会忘记那些心碎、纠结、无助、痛苦的恋情。你错过的从来都不是爱情，而是曾经的那个人。

在爱情这条充满未知的路上会有很多人迷路，会有很多人迷失自己，也会有很多人因为爱而不得或者爱而失去感到人生无望，但人这辈子并没有规定一生只能爱一个人，收拾好自己的心情，你的爱情说不定就在转角一直等着你。

别害怕，岁月从来不会因为错过谁而停留回头，失去的就别在遗憾，不爱了就是不爱了，看看吧，太阳还不是照常升起，依然明媚的照向你。

爱情，它会让你变得幸福，让你变得美好，但前提是，你得有足够的勇气和信心去相信迎接它。幸福从来都握在自己手里，岁月都可以善待你，你又有什么理由来拒绝温柔相待呢？

若有人问你重新爱上一个人难或者不难，你要胸有成竹地回答，当然不难，世间有情人那么多，不给自己机会，爱情怎么会给你机会。

过去的终将会过去，该来的也会如期而至，无论是你亏欠了谁的美好，还是谁亏欠了你的长久，总有一天会补回来。

你会遇到那么一个人，他的到来，让你轻易地原谅了过往的种种，让你所有曾经为爱流过的泪水都变成灿烂的笑颜。他会善待你，把你当成生命里最重要的那个人，不再让你受到任何轻视和伤痛。

愿你永远美好，且相信爱情。

很多人喜欢用反话来掩饰自己心里的百转千回，
不料对方信以为真。终其一生，
不过是寻找一个人，懂自己的言不由衷。

就恋爱本身而言，若是不能两全，
小慧会说爱是比被爱更难忘的，只有自己知道，
那些骑自行车像飞了起来的心情，当然也会有委屈，
但她也不愿去否定过往，原来自己还有这样的一面，
原来爱一个人的时候自卑纠结的同时，
镜子里神采飞扬的自己是那么不同。

不过分期待，你会更快乐

你总是希望别人能懂你，期待着有人能穿过拥挤的人潮，飞过一望无际的蓝天碧海，来到你身边，然后说：你不需要说太多话，你想要的我都懂。

当你怀揣着激动的心情走向他的时候，却突然发现，原来他根本不懂。于是你会失落和难过，会无奈和挫败，会不快乐。然后当静下来回想的时候，却发现连自己都不懂自己，却要求别人来懂，又怎么会不失望呢？

这世上大部分失落，都是因为自己没成为更好的人，却奢求别人成为更好的人。在一段感情中，你总是渴望对方可以付出更多，以此来满足自己的愉悦感。可是一方竭尽全力，另一方坐享其成，必定会两败俱伤。

你忘记了，感情是需要有回报的。养一只猫，你都希望回到家，能和你亲昵撒娇，更何况是喜欢一个人。

一个人为另一个人做什么，或者不做什么，做得多，还是做得少，都是极其自然的。世上没有一杆称，称得出感情的重量。法律、舆论、海誓山盟规定不了、也阻止不了，为谁或者不为谁，做什么或者不做什么，做得多还是做得少，那杆秤在你心里，它的砝码始终只可能在你心里。

很多时候你的不快乐，只是因为你对别人有过多的期待。

总是这样，试图从别人身上找到满足感，却频频遭遇失落和打击。不要总是苛求对方要为你付出，适当的时候，也应该去尝试，去完成别人的期待。

当你期待别人而得不到满足时，会沮丧失落，可是当你去完成别人的期待，看到对方脸上的笑容和惊喜时，会由衷地开心和满足。

原来期待所带来的满足感，最美好的，不是别人满足了自己的期待，而是你满足了别人的期待。

不是每个人都能遇到自己喜欢的人，然后那个人也刚好喜欢上自己。当还没遇到那个人的时候，先尽量让自己变得更符合自己的期待。

如果你期待自己以后的生活是周游列国，那么从现在起，就先尝试一个人出去旅行；如果你期待自己以后的生活是有情趣而且小资文艺，那么从此刻开始，就努力先去学习一样自己感兴趣的事，让自己变得丰富而美好。

以前会觉得安全感是他秒回的信息、他的早安晚安、他的每一个承诺、他对你的好脾气。现在你会觉得，安全感是清晨明媚的阳光、繁华路口人行道的绿灯、出门时口袋里的钱包钥匙，还有满格电的手机。因为你知道，将安全感寄托于他人身上难免会让你疼到失望。

真的只有当你把一个人的生活过好了之后，才能吸引到更好的人。

若是自己一个人都过得糟糕，就算给你全世界，也不会觉得幸福吧？更不谈不上给别人幸福。不能给别人幸福，那样早晚你都是累赘。

当你无比纠结遇不到真命天子时，当你在一段爱情里患得患失时，不如将这些时间用来完善自己。在等白马王子踏着祥云到来之前，你至少要拥有幸福的能力。

不对任何人有过多期待，你会过得更快乐。我们都该学着筑起一间属于自己的房屋，里面塞满了你的行李和生活、梦想和当下。

你想要的期待，自己都能有；你所害怕的风雪，这间房屋都能为你抵挡。而当他出现，在不经意完成了你的小部分期待的时候，你会知道，惊喜和幸福快乐一样，往往都是突然降临的。

爱情，从来都是锦上添花，而不是雪中送炭。就算是美貌倾城的灰姑娘，如果没有她的南瓜车和水晶鞋，也不会有被王子发现的机会。只有当你试着把自己变得更优秀时，幸福才会在不知不觉中来敲门。

就像有人说的，如果爱情能带给你不一样的世界，前提是你得拥有去看世界的能力。

年少时，我们追求激情，
成熟后却迷恋平庸，在寻找、等待、分别之后，
还能一如既往地相信爱情，这是一种勇气。

爱情是岁月的请柬，谁不想有个好伴侣。
你可以向上天祈愿，也可以向宇宙下订单，
但是，你安排不了发货时间。
小慧选择在意中人到来之前，将自己细心打理，
安排妥善，这样对方到来的时候，
才会看到一个容光焕发的自己。

余生很长，不必慌张

单身久了，再碰到喜欢的人，总是会害怕，然后笑着摇摇头说：算了。

人都害怕犯错，害怕沉沦，害怕轻易将一个人看作自己的全世界，最终却要面对失去。于是心怀希望地等着，希望年龄到了之后，会自动从天上掉下一个合适的人，相貌、家世、性格样样匹配，然后可以顺理成章地走在一起。

可事实是，不管从多大年龄开始恋爱，幼稚还是成熟，你遇到的

每一个人，都可能并不是正确的那个人。每个人的一生，都要经过一段或者几段并不完美的恋情。有时候，仅仅是因为不合适，就足以毁掉一段感情。

年少的时候，有勇气割舍一切从头再来，去遗忘，去成长，一点一点抹去另一个人在身上烙下写满曾经的印记。

每天要面对的新鲜东西太多，多到没有时间沉浸在一段并不愉快的过往。会遇到新的人，或者搬去一个新的地方，与过去决裂，听上去也并没有那么歇斯底里的绝望，没有丢盔弃甲，没有仓皇而逃。

可年龄再大些就不一样了。并不是时光让人变得心软，而是当你已经拥有了太多的美好、稳定和安逸，就会愈加害怕某个不和谐的爆发会将一切化为乌有，于是宁愿被爱情中的一点点不美好慢慢腐蚀，也好过眼睁睁看着一切瞬间毁灭在眼前。

能输的东西太多，所以连赌一把的勇气都没有。你已经有了太多的不能抛下和太多的不愿抛下，以至于不能像以前一样的斩断一切重来，想想这样的任性要带来的无休止的解释和谎言，很多人都会选择自欺欺人。说不定会好的，大不了一辈子。

抱着这样唯一暖色的希望抵抗冰冷长夜和漫漫人生，该是多么悲哀的一件事。

若是一生没爱过一个人，也就罢了。但爱情就是由奢入俭难，若尝过滋味最甜美的蛋糕，该怎么说服自己咽下又冷又硬的馒头。

真把一个人放在心上过，就不想得过且过了。因为知道爱，到底是什么感觉。如果注定不是他，那么谁都一样。

很多人终其一生，都遇不到真的能点燃自己、让自己奋不顾身的那个人。但就算知道这个道理，难道就放弃去寻找真爱的意义吗？不是，就像残缺的诗，注定要寻找另一半的歌。

你还这么年轻，为什么那么害怕以后会没人爱你？这世上生来幸运的人毕竟只是少数，你羡慕那些收获真爱的姑娘，可是她们也曾和你一样经历过痛苦和快乐。

没有人可以真正阻挡你的幸福，同样也没有人能替你承担痛苦。别因为害怕受挫，就不去尝试；别因为失败的恐惧，就放弃一种幸福的可能性。

没有人愿意花一辈子时间，去等一艘永远不会来的船。但河水不是硫酸，你可以游过去寻，也可以做一叶扁舟，到海的尽头去迎。

生活就是不断循环着经历、受挫、锻造、成功的过程。一见钟情很难，一眼就知道那个人是命中注定的，更难。如果不去试试，你可能就会一辈子错过。

那些最后真能得到爱的人，不是非常幸运，就是非常坚强。这个过程中，需要耐心，更需要信心，这份坚持，终究能让你抵达幸福的彼岸。

去爱吧，像第一次拥抱时那样，想到甜蜜与幸福，其他的全都抛在脑后。等时间过去，对的人终究会来到你面前。

有时候觉得怎么都忘不掉一个人，
或许只是因为忘不掉那些美好的时光
和穷尽一切付出的自己，
失恋最可怕的地方不是失去一个人，
而是失去那个人的同时，
也失去了爱的能力，勇气和信心。

在看到前面无路可走的时候，
小慧开始反问自己，是真的走不出去，
还是自己不想走出去。

不能因为贪恋月色的美好，而一直徘徊于黑夜中

这一生，刻骨铭心的爱，只有一次，只是或早或晚的问题。也许，爱过以后，在时光的转角还会遇到很多值得爱的人，接受也好，拒绝也罢，却再也没办法回到刻骨铭心的那种状态了。就像煤，热烈的燃烧之后，你不可能奢望它的余温会胜过初燃的状态。

有人说，后来爱上的人，都会有最爱的人的影子。

很长时间，你都无法产生心动的感觉。也许是因为受过伤，有阴影，总是害怕毫无保留地付出会遭到无视与背叛；也许你总会拿现在跟过去比，遇到的人如果没有前任好便会感到失望，毫无激情可言。

这是一种什么状态呢？就是现任无论有多好，你就是爱不起来。他有什么错，只是想靠近你，对你好而已。而你也只是封闭了自己的内心，选择对对方有所保留。

可他依然对你特别好，平时总耐不住性子的他，却安安静静地照顾了生病的你一个晚上，大半夜你喊饿了，他就立刻买好宵夜出现在你面前。

你以为自己忘记了，却从未忘记。现任的身上有着许多的优点与缺点，你喜欢的却是他的温柔。你天真的以为在性格、外貌、特长上都不同的人，就会完全不一样，但是终究让你爱上的，只因为那份体贴和温柔，或者说，只因为那份跟前任很相似的温柔。

原来，后来爱上的人，真的会有前面人的影子。

觉得有所亏欠，分手就成为必然的结局，因为你根本不知道自己到底是喜欢他什么。没有了他每天的问候，没有了微信里的“早安”“午安”和“晚安”，突然觉得心里空落落的。

你以为走出来了，以为能避开的，以为自己可以喜欢许多类型的人。但是，时光荏苒，我们早就从想当律师，又想当宇航员，还想当科学家的小孩长成了只想做某一件事的人，也从喜欢各种好看的人，慢慢变成了就只喜欢他那个样子的。

有一天你也会害怕，跟最爱的人创造了太多美好的回忆，等到后来，就已经看不清爱情的模样了，毕竟接下来走的路途，只是跟随着某个人的影子而已。

有人说，忘记一个人的方法有两个，时间和新欢。忘不掉一个人的原因同样有两个，时间不够久，新欢不够好。常常想用最快的方法忘记一个人，所以很多时候会选后一种。试图通过爱情转移的方式来刷新自己的注意力，但是并不成功，往往会在生活的点滴之中渗进另外一个人的影子。

甚至将对方的喜好同那个人进行对较，时间一久，会忘记到底爱上的是哪一个。直至另外一段恋情结束后，才恍然，原来新欢也曾走入了自己的世界，只是被心中旧爱的影子隐藏罢了。

所以，爱情切忌操之过急，只有耐得住性子才能收获刚刚好的爱情。否则你怎么知道谁会是你的另一半呢？别对爱情有所保留，当你有所保留的时候，爱情就真的离你而去了。有时候，不是缘分还未到，而是你自己不想要。

曾经那个愿为你捡风筝的人已经离开了，错过了就不会再得到，也许你会忏悔，但这些似乎都已经晚了。下次再放飞风筝的那一刻，应该问问自己，是否真的珍惜过所拥有的一切。

这世界上，最糟糕的一种感觉是，你无法爱上别人，只因你依然留恋那个离开你的人。

不要带着矛盾的心情生活，嘴上说着要好好爱一个人，心里却仍把前任当成标准。

纵使这世上有千万个让你单身的理由，也请你去学会相信，抱着希望去等、去爱、去尝试，相信会有一天，有一个人会出现的不早不晚，轻轻敲开你的心房，替你熨干曾经泪湿的衣裳。

无论精神多么独立的人，
感情却总是在寻找一种依附，
寻找一种归宿。

小慧见过云淡风轻的相遇，
也听说过两小无猜的缘分。
可她最喜欢的情节还是那些蓄谋已久的感情。
先努力经营自己，
再一步一步走进对的人心里，
像啤酒沫那样若有似无。

我想把蓄谋已久的自己交给你

你是否曾有过暗恋学长的经历，他是老师和同学眼里的宠儿，是很多女孩子芳心暗许的对象，是一个站在哪里都发光的人。而你，不过是一个站在人群中会被淹没的小女孩。他就像是太阳，你不敢靠得太近，又忍不住一步步地向前。

原来喜欢一个人是这样的感觉，担心自己不够好看，担心自己太过普通，担心自己走路的姿势、吃饭的样子、微笑的表情……不知道为何，你担心着一切。

为了能够和他靠得更近，你开始暗暗努力，开始抽时间去看一本书，这样以后就可以把书里面的内容与他分享；学会化妆，希望有一天在他面前呈现精致的妆容。

人们说，好的爱情像是拥有了一整片森林，会让你看到更广阔、更新奇的世界，喜欢他，就是这样。你发现，当你把他当作信仰一样，朝着他的方向努力追赶时，自己好像也经历了一次蜕变。多么幸运，曾遇到过那么一个让青春变得美好的人。

你是否也曾经历这样的时刻，在某一个雨天，路过一条街，透过公交车的车窗你看见树下站着没打伞的他，也许是因为他穿了你喜欢的白衬衫和牛仔裤，也许是阳光般的微笑，也许是他不经意看了你一眼，总之你怦然心动了。觉得自己一直在找的就是这样的人，你决定在下一站下车，回去和那个人相识。

在车上等待的时候，你一直对着镜子里自己的脸庞练习微笑，想象着说什么话，配合怎样的表情与那个人打招呼，才不会让他觉得自己唐突。

当你满心期待与紧张来到树下，那个人已经走了。后来，你总是在空闲的时候，或是故意抽时间到那棵树下来等待。有时天晴，有时阴雨。在你身旁走过很多人，有的西装革履，有的文质彬彬，有的也穿白衬衫和牛仔裤，可是那个人再也没有出现过。

过了很多年，你已经很久没有去过那条街了，但总是会想起，那条街，那棵树，以及那场可以不用打伞的小雨。只是怎么也想不起那个人的样子，只记得那干净的白衬衫和牛仔裤。

可能那个人已经不喜欢这么打扮了，可能也换上了西装。恍然间你明白了：原来，自己一直在找一个人，一个穿着白衬衫和牛仔裤的人。

很多人大概都是这样，心里一直住了一个人，但是不知道那个人的具体模样，有怎样的脸庞和目光。你把自己所想象的美好，或是想要的温柔全部都修饰在那个人身上，期待那个人会从天而降，突然出现在你身旁。

为此，你制订了很多计划，等那个人出现以后，一封温柔的情书，一场阳光盛大的海滩旅行，还有那些酝酿了很久，足够煽情的甜言蜜语。

于是，当某一天，你和某人牵手逛街、看电影，走在喧闹的街上时，侧过头去望向身边那个人的脸庞，发现这个人和自己心中所刻画的并不一样。但这有什么关系呢？此刻，你们在一起完成了那些一直蓄谋已久的事情。对此，你心里也是满心欢喜。

年少时，咬着牙向心中喜欢的人奔跑而去，伸长的手指却没能触及他的掌心。后来，你用手指优雅温柔地滑过很多人的掌心，但是他们依旧离你而去。

你会伤心，会难过，会去想为什么？但是，这又有什么关系呢？每个人终究是要成长的，直到有一天长成连自己都喜欢的模样。

为了一个缥缈的想象让自己变得越来越好，受伤的可能是自己的心，但受益的也是自己。原来自己并没有想象中的那么糟糕，当你努力，向着他的方向，有了自己喜欢并可以坚持下去的兴趣，也会慢慢变成更好的自己。

每个人心里都会藏有一个这样似曾相识的故事。就算结尾不一样，但至少曾经的自己也这样努力过。在彼此的记忆里，你喜欢他，很多年前的他；你喜欢自己，很多年前傻傻的自己。女孩儿为爱变得自信，男孩儿为爱变得勇敢。破茧成蝶，为爱而生。

这样也很好，当磕磕碰碰走过很远的路，在足够长的岁月里，渐渐地变得足够美好，那时，你总会遇见一个牵了手就懂得互相珍惜的人。于是，你终于可以对身边的那个人说：我想把这样的自己，蓄谋已久的自己交给你。

每个人都以为这辈子会和许多人心灵相通，
后来发现，这样的事情只会发生那么几次。

有人说，人一辈子有两次冲动，
一次是奋不顾身的爱情，
一次是说走就走的旅行。
小慧明白，自己奋不顾身的时候，
正好赶上韩洋的说走就走。
原来最终让自己难以忘怀的，并不是韩洋，
而是当初为之倾心、不顾一切的自己。

你爱过的人成就了你

在某个睡眼惺忪的清晨，你依旧习惯地听着他喜欢的歌；偶尔路过一家熟悉的咖啡店，总是一再地记起那是你和他曾经最爱去的地方。

你突然发现，那个在时间的洪流里走散的人，并没有消失，只是再也没遇到。可是你依然感激他，因为是他成全了你近乎偏执的爱情，他是你曾爱得奋不顾身的那个人。

你如此庆幸，庆幸自己能够遇见这样一个人。那个矜持、害羞的你表现出难得的认真，那个谨慎胆怯的你再也不愿想太多，而只想去奋不顾身地爱。

也许，所谓的天意就是，老天赋予了你在爱情里所扮演的角色，无论哭，还是笑，无论酸甜苦辣，你都得演完这场戏。

末尾，你才惊觉：原来，每段青春，都是一截奋不顾身的蜡烛，只管纵情燃烧，不会去顾忌悔恨的潮水有一天已没及脚踝。

也许只是因为在人群中，他多看了你一眼，也许是因为阳光下他的笑很温暖，或者是他修长的手指特别好看，又或者是夕阳下，他的背影很迷人。年轻时的爱情，没有那么多理由，简单而固执。

小饭馆比高级饭店还好吃，一束野花比花店里琳琅满目的鲜花还漂亮，一个叫自己出来看星星的电话都能让你高兴好多天。

很多人的青春都有过孤注一掷的勇气，都发过隔山跨海的誓言。只怪那时的臂膀太单薄，承担不起太过苍白的后果。

那时候是多么美好的年纪，整个世界都是那么简单。你和他什么都没有经历过，所以再小的事情都可以让你们在心里把所有的情绪都经历一遍。

那时候的你，觉得爱了就是爱了，所以每一次都奋不顾身，即使最后摔得头破血流也在所不惜。

你义无反顾地爱着，只有你知道：每一个奋不顾身都有难以言说的执念，就像每一个为爱放手的人都有一道无法触碰的伤口。

当你回望青春的来时路，风景依旧，却寻不到踪迹，小心拾起零碎的记忆，捧在手心生疼。滑落指间的时光，你学会了用笑容祭奠。

生活给了你际遇去经历，等到失去后你才懂得：因为奋不顾身地爱过，刻骨铭心地痛过，所以这段时光才叫青春。

不论结局如何，不论过程何其艰难，不论回忆何等苦涩，你都要学会原谅自己，放过自己。如果离别只教会了你仇恨，那么你就再没有能够安宁的时光。

你要试着跟自己和解。你会慢慢喜欢那时奋不顾身的自己，那个爱得勇敢、转身决绝的自己，那个有过痴狂、也有勇气的自己。

那时候，有最美的雪天，有最好的星光，那些美好和光亮，足以点亮你的一生。至于别的，就用时间去烧了它们，为余生取暖。

也许，曾经出现在你梦里的那个主角，最终会成为你生命中的匆匆过客；也许，你的有缘人，就在你举目可及的地方，恍然一视，似曾相识的欣喜重逢。如今想来，缘分的长度和情感的厚度，永远要以时间来度量。

真心可见，日月同行，那些走散的，想来也并不是属于你的，只是水流风歌的悠悠途径罢了。唯有陪到最后的，才是你值得珍惜的，才是你生命中的良人。

生命中的每一个阶段，你都会遇见一个给予你独特幸福的人，那个人带给了你光热，带给了你温暖，教会了你成长，也教会了你爱恨情仇。

你要知道，也许未来的某一天，这个人也会默默离开。但无碍，只要曾经拥有过，此刻拥有着，管他离开时是刮风还是下雨，有过一段刻骨铭心的回忆，就已经足够。

就让那些不懂得珍惜你的人慢慢地远去吧，就让那些刻骨铭心的回忆慢慢地消失吧。不必说话，也不必刻意保持沉默，因为总会有一天，你的心，沉静得像海，不轻易澎湃，直到对的人来。

遇见一个对的人有多难?
难的好像黑夜里失眠等天亮,
本该缓缓睡去的夜竟然变得好长。

谁没有一两个故事,又有谁只有一两个故事,
生活总在起落之间,带着惊喜。一段感情的结束,
教会了小慧越挫越勇,越爱越敢爱。
因为她心里明白,爱能让人长出勇气来。

爱情有风险,需要你勇敢

所有年少的承诺,在未知的命运面前,都只是对当下的安慰而已。

所以,你不用整天说什么要他承诺等你,或者给他承诺你要等他,就算你或者他答应了,你自己也不会相信这份承诺,因为岁月教会了你,承诺是用来敷衍那个想听承诺的人。

承诺真的很沉,有时候竟难以背负。多少人因为这两个字,与爱情擦肩而过。

你是否曾是一个善于承诺的人？你是否又是一个喜欢听承诺的人呢？你会为了谁许下承诺？谁又会为你许下承诺？

承诺是怕自己实现不了而下的赌注，承诺是为一段感情买下了保险，承诺是你捏造一个还爱他的的理由，承诺是想让别人对你有信心。

可是，办不到的承诺，就成了枷锁。

后来你才发现，你厌恶的并不是爱情，而是等待、猜测、道歉和伤害，以及无法兑现的承诺。

一直以来，你都不会拒绝别人，面对别人的要求，无论大小，只要自己可以做到的，即使不愿意，即使没时间，却怎么都学不会拒绝。

被人形容“烂好人一枚”，你竟无力反驳，只得悻悻作罢。

小时候，最喜欢别人夸奖有正义感、勇敢。长大后却最怕别人无缘由的夸赞，只因不愿再一次让现实扇自己一个嘴巴。

接受了别人夸赞的同时，凡事便成了理所应当。看着自己大把大把的时间在别人的“理所应当”中匆匆流走，除了纠结，还有一丝丝划过心间的失落。

为了不要别人失落，只得让自己许下一个适时地承诺，那一刻，对方释然，你却从此有了牵挂或牵绊。

人总是容易忘记，开解了别人的时候，也要给自己留一点退路。

就这样，自诩善良的你，总是不经意地为博他人一笑而许一个承诺，以为是朋友义气，当伸不开手脚时才恍然发现，这承诺是欢愉了别人，却绑架了自己。

善于许诺的人，很容易让人想到江湖传说的各类“骗子”，他们可以轻松地随意抛出一个承诺，让朋友、恋人、甚至是家人奉为至宝，苦苦等着浪子回头，总有人会相信他有一天会实现那个承诺，当他拿到足够的金钱、权利和爱后，便可以潇洒的大手一挥，即刻翻篇，哪管对方的死活，只图自己爽快。

而你，是那样的人吗？不是，那你为什么要让他为你许下承诺？也许就有一次，他没有再向你许下承诺。当时的你觉得他不讲情谊，觉得他不再善良，觉得他不再爱你，但比起下一刻他无法实现承诺时的那一句“你又骗我”，这承诺还有最初那般有爱吗？

既然违背内心，又何苦为难自己？又何苦为难他？世界这么乱，生活被各式各样的伪善充斥着，你又何必多添一笔？

你曾不懂为什么自己那么喜欢承诺，又那么爱听承诺？后来，经历过一些事情之后，你会明白，那样美好的承诺，在他说出来的一瞬间，你相信，你幸福，这就足够了。

年轻的你们都有很多事情都无法做到，很多承诺无法实现。其实，当时的你和他都没有错，只不过，时间慢慢流逝了，如此而已。

有些爱注定承诺不起，有些承诺注定无法实现。把一段一段的爱情当成人生道路上的指引者，一次失败，也是一次成长。这样来看，失败的爱情或许不再可怕。

人生究竟谈多少次恋爱才能功德圆满？这个问题没有标准答案。有人叹息落花有意，流水无情，有人叹息君生我未生，我生君已老，有人叹息对方是自己的故人，却不是故事里的人。由此可见，那种没有早一步，也没有晚一步，恰到好处的相遇，只可随缘，无法承诺。

爱了一次就爱对了，那叫好运；爱了很多次还敢投入真心，那叫勇气。总不能因为这份爱的风险有点大，你就要放弃它。爱情有风险，需要你勇敢。

倘若爱情失败了，还可以从头再来，倘若一颗真爱的心萎缩了，还能去哪里重获生机？情路坎坷，即便走得跌跌撞撞，也要爱得坦坦荡荡。

人的一生应当这样度过：当回忆往事的时候，不因为虚度年华而悔恨，也不因碌碌无为而羞耻；在临死的时候，能够说——我行过很多地方的桥，看过很多次数的云，喝过很多酒，也爱过很多人。

如果太依赖一个人，就会成为习惯，
当分别来临，失去的不是某个人，而是自己。
学会独立行走，会让自己走得更坦然些。

生活的阡陌中，
没有人改变得了纵横交错的曾经，
只是，在小慧的回望里，
那些痛过的、哭过的，都演绎成了坚强；
那些不忍遗忘的、念念不忘的，都风干成了风景。

爱情，本来就是一件宁缺毋滥的事

没有谁离不开谁，就好像没有谁必须和谁在一起。所有的注定，都是水到渠成，而你，才是触手可及的一切，胸怀温柔，手握明月。

你在爱中总是百般动情，也在不爱中百般伤心，曾经的你以为分手就是天塌了。若干年后，都是下酒菜。

以前总想留住身边的每一个人，后来发现，不管是从小玩到大的伙伴，还是新认识的朋友，其实都不必强求。愿意在你最不堪时陪着你的，愿意和你一起挺过难关的，愿意泼冷水让你清醒的，你赶都赶不走。而那些天长地久说说而已的，你也根本不必留。

愿意比什么都重要，也比什么都来得长久。

我们都曾经深深地爱过一些人，爱的时候，把朝朝暮暮当作天长地久，把缱绻一时当作被爱了，于是奢望幸福终老。当一切消失了才明白，天长地久只是一件可遇不可求的事情。

后来，你慢慢听到内心越来越清晰的声音：我只愿意一个人，也挺好的。

因为你还没法忘记，虽然忘了所有外在的表象，可是依然记得爱情消失时的那种幻灭感。像一场梦，游乐场的灯如何亮起又如何熄灭，对面的那个人迎面走来的脸和消失的背影，你离开或是被留下时耳畔的寂静。那些只属于一个人的无数失眠之夜的心情，你都没有忘。

可是，谁规定的，必须马上忘记，每一段付出过的感情，不至于覆水难收，每一次收回都用尽了所有的力气。

虽然你依然还能笑，但是只有自己知道，你的心，已经有了一层薄膜。你看得到所有的人，你也知道谁是你喜欢的类型，当就是没办法马上投入。

以前有人说你不会爱了，你还会失落一下。现在的你觉得，不会就不会了，好像也没什么大不了。因为那些，终究要从最开始的欣喜，变成幻灭。

比起对恋爱恐惧的人，你只是很迷恋一个人的状态。这是一个个人全能的时代，很多人在自己的世界里完美自如。你相信，没有交集，就没有麻烦。

比起喜欢，只是更加习惯一个人生活。一个人，可以在休息日睡到日上三竿，不必在意另一个人的安排，工作日，可以没日没夜加班到深夜。不需要在意，不需要担心，不需要挂怀。

每个时代的人，都要为这个时代付出代价。很长一段时间，我们付出的是自由；后来，我们付出的是舒适；到了这个时代，我们好像走得太快了，必须付出灵魂。因为害怕失去那依然可以爱的灵魂，你越来越信奉爱自己。

有时候，爱情只是一种想象。既然是想象，那么在执行的时候，就会有千万种模样，又何苦非要在这个年纪就弄明白，什么是爱，什么不是爱，又是怎样的爱。

如果你已经尽力，请原谅自己，在不能爱的年纪里，就不要逼自己去爱。因为不到生命尽头，谁都无法定义爱情的样子。

那该怎么办？在那些深夜的孤寂，在那些酒桌上觥筹交错时候，你内心的哑然与恍惚；在那些感觉谁把你的心拿走了再也没有还回来的失落时刻；在那些，你发觉即使如此仍对那个人有期待的无奈；在那些工作没有办法压抑你的孤独感的瞬间。

有时候需要很绝情，才能坚守自己真正想要的爱情。在此之前，不妨抱着宁缺毋滥的态度，自由着，孤单着。

你只是不能爱某一个人，目前，此刻。也许这个此刻，时间有点长，但你只能这样。对于爱情，像它永远也不会来那样生活，像它明天就会来那样期待。

每天认真洗脸，多读书，按时睡，少食多餐。变得温柔，大度，继续善良，保持爱心。不在人前矫情，不会到处诉说以求宽慰，而是学会一个人静静面对，自己把道理想通。

这样的你，暂时一个人也无所谓，你那么虔诚地做更好的自己，一定会遇到最好的那个人，而他也一定值得你所有的等候。

请一定相信，你是最好的，无论有没有人驾着七彩祥云来接你；请一定坚持，你要找那个对的人，找到一种正确的生活。

被特别在乎的人忽略，会很难过，
而更难过的是还要装作自己不在乎。
可感觉一旦没了，一切都不重要了。

无条件付出不是一种健康的爱。
这世界上最常见的一种情感绑架就是：
我已经对你那么好了，你为什么还是不爱我？
小慧不允许自己成为这样的人，
她愿意走一万步去见一个人，
也愿意退一万零一步离开。

每一场开始，都带着结束的味道

分手之后，你无数次经过他住的地方，其实不是偶然经过，而是你故意走去的。

他不会再跟你见面了，你唯有用这种方法跟他见面。明知道他这个时候不会在家，你才有勇气来到这个你曾经很熟悉的地方徘徊。

他就住在上面，房子里现在没有光。你仰头看着那一扇窗，想着你们在一起的美好时光，曾经那么亲近，他甚至蹲在地上替你绑鞋带……然而，当他不爱你，他却忽然变得高不可攀，你只能像一只被遗弃的小猫那样俯伏在他门边。

日复一日，你走过他住的地方，只是为了治疗离别的创伤。

大晴天或下雨天，你像个傻瓜那样躲在檐篷下面，渴望可以见到他。当见到了他，你只是躲得更隐蔽一些。上班的时候，你故意绕过他的家。下班之后，同事和朋友都有约会，你只是孤单地来到他住的地方凭吊一段逝去的恋情。

每来一次，你更加确信，他是不会回到你身边的。

然后，直到有一天，你看到他和另一个女人手牵手。他们一边走一边笑，他脸上的笑容，就像跟你热恋时的笑容一样甜。

原来，他对你并不是特别的好。明天，无论阴晴，你不会再来了。

不知道从什么时候开始，生命里会过期的东西实在太多，誓言会过期，眼泪会过期，爱会过期，等待一个人的心也会过期。于是你开始怀疑，在这个世界上，还有什么东西是不会过期的？

你曾以为自己爱得死去活来，没法放弃，可是，就在这个微小的关节眼，你就突然清醒过来。思念，是会过期的，依恋，也是会过期的。

过期，意味着不再被渴求，不再被需要。所有的东西都有保质期，过期了就该扔掉，这个道理都懂，但记忆能扔掉吗？它有没有保质期呢？那些因为成长而刻下的伤痕，那些为爱而流的泪，也能过期吗？

在一无所有、闯荡社会、被欺负被骗、被生活琐碎缠绕的年纪，你们真的相爱过，相依为命过，为对方付出过许多。可是爱情最残酷的地方就在于，没有什么能绝对使之保鲜，真诚不能，善良不能，同甘共苦也不能。

你该明白，有些话，适合烂在心里，有些痛苦，适合无声无息的忘记。当经历过，你成长了，自己知道就好。

等待太久得来的东西，多半已经不是当初自己想要的样子了。有些事难以左右，有些话难以开口。好在时光仁慈，我们还能拥有回忆。

没有人陪你走一辈子，所以你要适应孤独；没有人会帮你一辈子，所以你要一直变强。

谁不是一边受伤，一边学会坚强。

一起看电影时买的薯片，放到保鲜袋里干燥保存，两天过期；一起逛街买的清香玫瑰花，天天浇水晒太阳，花开一季；一起拍的照片，小心翼翼地藏进相册里，几十年后也会过期。

那么，你和他一起制造的回忆，如果只剩下你一个人保管，多久会过期呢？

你看，多年以前，你的矫情、你的浪漫、你的天时地利，到了今天，已经统统过期，更关键的是，当年陪在你身边的那个人，居然选择了中途离席。

爱也有一个保质期，过期了的爱，留着也没有用。

爱过他，是越过千山万水的那种“过”，是一起感受过美好时光，也一起熬过了所有困难时刻的那种“过”，是下定决心放过他，同时也放过自己的那种“过”。

任何东西都有一个保质期，而爱情，也需要保鲜。

真正美好的爱情，应该抵得住流年，经得起争吵，忍得住思念。这样的感情不是靠甜言蜜语建立的，需要用时间来证明，需要用行动来实现。

爱情跟零食一样也有保质期，保质期一过，再美的爱情也会变质。要么平淡，要么再也不见。

愿你能够与岁月和解，相信这世上什么东西都有保质期，也明白没有比善待自己更好的快乐方法了。

时间就是这样，它让爱情有保质期，伤心有衰退期。

CHAPTER • 5

你想要的美好，
终会如约而至

每个人都有属于自己的一片森林，
迷失的人迷失了，相逢的人会再相逢。
所有的错过和过错，
只是这个世界对你温柔补偿的序曲。

那些为爱情设定的标准，
都是给不喜欢的人准备的。
遇到喜欢的人，你才发现自己的善变。
爱情并不完全是你想象的样子，
而是，遇到他以后，他就是爱情的样子。
请相信，一切都是最好的安排。

- One -

冰冰在大学的时候有过一段恋情，两人分分合合却也坚持了四年。毕业前夕，男友向冰冰提出了分手，原因是，他没有信心坚持异地恋。

每个人都有最艰难的一年，对冰冰来说，那一年就是最艰难的一年，工作尚无着落，爱情长跑悲剧，家庭压力……

她感觉自己要透不过气了，通常一段深刻的感情打击，会给人留下很大的阴影，让人觉得恋爱是一件很不靠谱的事。那时冰冰几乎认为：生活的无常全都来自爱情的善变。

人被逼到走投无路时，往往会爆发出惊人的潜力。冰冰幸运地在失恋和家庭的压力下找到了满意的工作。单身以后，虽然因为失恋痛哭过，但是也因为单身，发现了许多之前因为绕着一个人转而忽略的生活。

没有爱情，家庭、友情、工作和兴趣这些东西也足够填满冰冰的日常。可实际上一个人久了也会生厌，像手上长茧，看起来很硬，按下去却有点疼。

冰冰不是畏惧爱情的人，只是上一段感情的不顺，让她变得小心翼翼。为了不再重蹈覆辙，她为即将遇到的人定下了很多标准，一旦不符合她心里的标准，她就立刻逃跑。

“你到底喜欢什么样子的？”朋友替她着急。

“嗯，身高最好一米八以上，要瘦，帅也是必须的，要把衬衫穿的挺拔又随意才好，别染发，别小肚鸡肠，还要爱吃爱玩，要有爱心，当然必须喜欢我。最好是本地人，有上进心，工作起码也得是五百强之一吧……”

“你也太挑了！”朋友纷纷吐槽。

“爱情本来就是万里挑一啊。”

用冰冰自己的话说，连去超市买一棵青菜，也需要多选几把啊，怎么到选择另一半，就不能挑一下呢？爱情不就是需要通过各种考验，为自己过滤既能生活又能相爱的人吗！

就在几个月前，冰冰还答应和一个男生交往，他看起来很符合冰冰的标准，有钱有颜，够高够自信。冰冰也告诉自己，遇到一个条件这么好的，不容易，一定要珍惜。最初是努力的，只是后来的行动有点没跟上。

他每次约冰冰吃饭、看电影、逛街，冰冰总是有各种事情要忙，要么是直接说没时间，要么就是临期了又改期。

冰冰自己也很懊恼，她说：“我真的不是故意爽约的，只是觉得，好像其他任何事情都比跟他约会要重要，好像一个人看书、上网甚至是发呆，都比跟他在一起要有意思。”

不够爱一个人的时候，才会永远有一堆优先于他的事情。可想而知，这段恋情又是不了了之。

真正喜欢上一个人是什么感觉呢？像突然有了软肋，也突然有了铠甲。其实，还不止这一点点。你会变得很无私，为他付出再多都嫌不够；却又好像格外小气，哪怕他对着别人笑一下，你都要在心里计较很久。你会变得无限宽容，好像他任何缺点你都能忍受，却又显得超级刻薄——他欣赏并且喜爱的异性。

这些，冰冰都没有感受到。那时候她以为自己注定要孤单一辈子了，这么自私，这么不舍得把自己的人生与别人分享，怎么恋爱呢？

可是万万没想到，一次公司招聘，竟然在茫茫人海里招到了冰冰现在的男友烁海。

- Two -

恋爱就像暴风雨，说来就来，有些人遇见了似乎就能看见未来。

很多人说冰冰真幸运，能在最后等到一个对的人唤醒自己的感情。而且两个人的名字，一个是冰，一个是火，冰与火，真是绝配，就连她自己，每次提起烁海，也是一脸的沾沾自喜。

朋友都好奇，是什么样的男生俘获了冰冰的芳心。

“你现在的这位符合你的要求吗？”

冰冰陷入沉思，认真地想了想，说：“好像有些符合，有些却大相径庭。他明明不是我喜欢的那种类型，却不知为什么，还是动心了。这是一时的冲动，还是，他是个例外，我也说不清楚。”

大家继续追问：“你是怎么让烁海过关的？”

冰冰呷了一口水，带着甜蜜的笑容，说：“那些标准是没有遇见他之前定下的，遇见了他，一切都不一样了。他推翻了所有的标准，是我最完美的男朋友。”

一群人差点被腻死，纷纷做大吐状。

烁海目测身高最多一米七八，还被质疑穿了内增高的鞋，身材微胖，长相只能算端正，和冰冰在一个公司，当然不是五百强，可能唯一符合标准的就是本地人这一点。

大概许多感情都是建立在共同的兴趣爱好的基础上。冰冰喜欢看电影、摄影、旅行、美食，刚刚好，烁海对此也甚是偏爱。

两人在同一家公司，因此，也常常在电梯里遇见。

初次见烁海，冰冰并没有太在意，只对烁海的样子有了模糊的印象，就是一个不高不帅又不爱说话的新入职员工。

上天有意撮合，在某次的电梯突发事故中，同乘事故电梯的只有两个人，一个是冰冰，另一个是烁海。

正在做自由落体运动的电梯忽然停下，灯也瞬间不亮了，那一刻冰冰的心跳仿佛也跟着停了下来，各种可怕的新闻事件都涌进脑海，更让人惊悚的是……冰冰打量了烁海两眼，发现烁海呼吸急促，浑身发抖，额头冒着冷汗。

“你怎么了？”

“我有……幽……幽闭……恐惧症。”烁海声音颤抖地说。

这下糟了！冰冰忘了自己也害怕，不停地劝他要冷静，深呼吸，她完全不知道应该怎么帮助他，只能不停地说着闲话，问他的名字，问他的部门，平常都负责什么工作，有什么爱好……

还好，维修人员很快就赶来了。

当电梯门被打开的一瞬间，冰冰高兴地回头看烁海，没想到烁海像没事人一样，笑呵呵地看着她。

“你没事了？”

烁海抓了抓本来就有点凌乱的头发，露出一口洁白的牙齿，颇有几分羞涩地说：“不好意思，我看你那么紧张，想要安慰你，又怕你把我当作坏人，只好想出这个办法来分散你的注意力。”

冰冰真是好气又好笑，不过，她也因此记住了烁海。

上天想要为你安排一段缘分，你想逃都逃不掉。自从电梯里相遇之后，他们又相逢了无数次。

挤地铁的时候，烁海随着人潮移动，那么多人，烁海的脸是最平凡的，可冰冰还是一眼就看到了他；去食堂吃饭时，餐厅涌进来许多戴着一样工作牌的人，冰冰随便瞟一眼，目光便落到了他的脸上；他远远地挥挥手，她觉得他是在和她打招呼；他模糊地上扬嘴角，她觉得那是在对她笑。

冰冰说，喜欢烁海，是因为他给了自己一种从未有过的确定感。

那一天他们又在电梯里相遇，烁海说很喜欢冰冰，希望可以在一起。

冰冰愣了一下，说："你这算表白吗？

烁海傻笑着点头。

冰冰有些生气地说："你一定要在电梯这么不浪漫的地方表白吗？"

烁海却一本正经起来，说："怎么不浪漫了？你不记得这部电梯了，它是我们的媒人啊，没有它我们就不会相识。冰冰，你听我说，那天我自己一个人吃火锅，有一半的菜都没吃完，当时我一下就想到你，有你在，肯定连渣都不剩。我想和你一起吃火锅，更想和你一起谈恋爱。我愿意和你分享所有好吃的东西，你愿不愿意加入我的生命，和我一起分享我的人生？然后我们就像鸳鸯锅那样永远在一起，像火锅那样热气腾腾地过一辈子。"

听到这段奇葩的表白，冰冰真是哭笑不得，却很感动，立刻同意了。

兴奋的两个人下班之后真的去吃火锅了。

点菜的时候，阿姨问烁海："女朋友啊？"

"怎么看出来的？"

"你眼睛都亮了。"

那一刻，冰冰确定烁海就是自己一辈子要找的。

每个人眼中的光，都有爱人的样子，每个爱着的人，都有不同的方式。爱没办法高级定制，还不讲一点道理。那个明明知道会很难搞，明明和想象的不一样，可还是想要靠近的人，一想到他，你就像吃掉了一大块蜂蜜似的笑成了傻瓜。

究竟该爱哪一种人，有的人的确会动心忍性地藏起挑剔，语言来往，话怎么说都行，真假都行。可唯独眼神不行，那才是真情流露的源头。

一个人爱着另外一个人，眼神是藏不住的，不信你去看看《大话西游》里紫霞仙子看至尊宝的眼神，满满的全是爱。

- Three -

有一天，烁海问她："你心目中的完美男朋友是什么样子？"

冰冰回答："三高，高颜值，高学历，个子高。"

烁海一脸的不可思议："那您怎么看上我了。"

“因为你刚好丑成了我喜欢的样子。”

烁海作势要打她。冰冰眼睛笑得弯弯地看他，温柔地说：“世界宽阔，而我爱你偏颇。跟爱打过的所有照面，我都觉得好。可我计划好的一百种想象，全都不如你，一枝梨花压海棠。”

从这一刻起，独行侠冰冰变成了一个黏人的小冤家。她好像早就忘了，自己当初在感情面前，提出的一项项必要条件。

常把“一个人最酷”这种话挂在嘴边的人，其实每分每秒，都在奢望这个世界“爱我”。

可怕的不是希望的未来都没来，也不是期待的日子都石沉大海，可怕的是你再也不敢为了谁打破所有计划，更改出发的航线，面对孤寂的海平面，说着奋不顾身是多么的蠢不可言。怕你举着理想伴侣的接机牌，被路人扬起的风尘沙石，迷了眼睛，困惑了心。

很多人都会有这样的经历，明明不是自己喜欢的那种人，却偏偏成了那个喜欢的人。

原本你不喜欢工作狂，觉得那样的人过于死板，可你喜欢的那个人偏偏是一个视工作如命的人，他专注的样子好迷人，你心里常常涌动着仰慕和崇拜。

原本你不喜欢沉默寡言的人，觉得那样的人肯定很无趣，可你喜欢的那个人偏偏是文静派，你们在一起即使是安安静静地坐着，你也从来不会厌烦。

原本你不喜欢某个地方的人，不喜欢某一个星座，不喜欢某种发型……后来发现，在喜欢的人面前，这些统统不算数。他好像拿着免死金牌，闯进你的心里，你毫无招架之力，从此你的阴晴不定全由他的悲欢决定。

当你爱一个人的时候，他什么样子、性格、家世，其实都抵不过心里的一个“爱”字。真正陷入爱情的人，不会太理性考虑匹配的问题。不会像一个算数老师一样，把什么条件都拿来作比较、画等号。

当你爱一个人的时候，那个人根本不用太优秀、太美貌。因为爱，就是一切的条件；当你爱一个人的时候，你心里的很多择偶标准都会不攻自破。所谓不合适，不登对，不匹配，无非是为不爱的人留的借口。

电影《心灵捕手》里有这样一段话：人们称之为“瑕疵”，但其实不然。“不完美”那才是好东西，能选择让谁进入我们的世界；你喜欢的人，也不是完美的，但关键是能否完美的适应彼此。

若问你，你喜欢的人是什么样子？你也许会噼里啪啦说出一大堆条件。可当真正喜欢的人站在你眼前，你也许就再也提不出任何条件，因为你爱他，他就拥有一切你喜欢的样子。

那个能让你说出心甘情愿为一秒也值了的人，根本不是比着模型画个圈层层筛选出来的，而是你莫名其妙地动情，直到两个人变成了一个圆，饱满地滚向红尘里。

因为是他，你会心甘情愿放弃让自己获得安全感的规则，从原有的世界里突围，有一点新奇，可能还有一点冒险，未来不可预知，忽然觉得这样也挺美好的。你愿意卸下铠甲，除了一颗真心，一无所有地去爱一个人。

想起一句情话："不好意思，爱上你是个意外。"有的爱情蓄谋已久，有的爱情纯属巧合。而纯属巧合，何尝不是另一种命中注定？

如果有一天，你遇见这样一个人。他可能不高、不帅、不够风趣，他可能会违背你所有的标准，但你还愿意和他在一起，那么你就会知道，不会错了，就是他。

他不是你的完美男朋友，他是你的最完美男朋友。

每个人都会遇到爱情。
因为总有一个人，怀着和你一样的渴望，
在与你相同的频率上，和你不期而遇。

没遇到烁海之前，冰冰没觉得人生有多奇妙，
遇到他之后，才发现，曾经的陌生人，
突然之间就能成为自己的全世界。
烁海是她生命拼图中很重要的一块，
没有他，她的生命是不完整的。

总有一个人会是你的特别幸运

一见钟情，二见倾心。那些情感细腻的人，总会在心里存放着爱的里程碑与仪式感。爱情有时是漫长的蛰伏，历尽寒冬沉默不语；有时却是瞬间的萌生，阳光、雨露、土壤都是陪衬，令人惊喜。

所有的特别幸运也就是这样。你本以为自己会这样过完一生，后来突然就出现了一个人，明明是刚认识不久，他身上却带着属于你的熟悉感，当你看他的眼睛，感觉不是相遇，而是久别重逢。

世界很粗糙，岁月也不温柔，你们曾是两个淋了雨的人，慌慌张

张躲进了同一个屋檐，碰巧发现彼此有相同的目的地。于是并肩一起散步、淋雨，因为舍不得说再见，所以宁愿风雨别停、天别晴。

所以，永远不要对爱情死心，永远不要觉得自己不再年轻，爱情这件事，总有一个人，会是你的特别幸运，以及刚刚好。

时光的辗转可以让很多东西面目全非。从爱到不爱再到爱，像是一个反复无常的循环。但能让爱形成闭环的，一定是一颗不移的真心，对上了另一颗不移的真心。

若因为畏手畏脚而选择一段熟悉、容易且已经试验数百次会不舒服的关系，注定不会幸福。

很多人以为被狠狠砸碎的心，被丢弃不珍惜的心，只要拿一点黏合剂就会变得圆满了。不是的，正因为经过了那样的痛彻心扉，反而不想将就了。既然爱和被爱，是这个世界上最重要的事，为何要将就？

在遇见他之后，你才明白原来自己值得被如此珍爱的，花团锦簇的配角，永远不及一个完整的自己。在遇见你之后，他也终于体会到原来自己的付出是可以被如此褒奖且重视的。

爱本来就不该附加那么多不相干的条件，不过是要找一个人和自己说很多很多话而已。有些话藏不住，比如说晚安；有些事也藏不住，比如我爱你。能把这些话变成了这件事，就是那个刚刚好的人。

那个人正是在“高富帅”云集的世界里并不出类拔萃的他，以及那个丢在这片人海里并不起眼的你。

而那些走过的弯路，没绕开的人，被摊上的事，何尝不是生活的馈赠？如果不曾在这些没有未来的爱里到此一游，你怎么能在芸芸众生里一眼就辨认出那个真命天子呢？

真正的爱是什么？是开口闭口谈到爱情便忍不住会心微笑的一个人，是在他那里看到更好的自己。是你随口的一句感慨，有人觉得你矫情，他却已经在心里为你点赞了一千遍。是在寻常日子里的爱如溪泉，是有情有义的一如既往，没有多少声响却一点一滴渗透进你的心，等你回过神来，心里已经被爱填满，再也装不下其他东西了。

爱是只有他能看到你的孩子气，你在他那不用装客气，如水落花开般自然。那些压抑的、卑微的，需要你凝神屏气小心维系的，需要琢磨这到底是不是爱的，无论有多么浪漫的开场，其实都与爱无关。

爱是彼此的付出，是共同的感恩；是梦里的星河，是蓝得要滴出水来的晴天；爱是夹菜时去掉的鱼刺，是小事都商量的尊重；是不会缺席的牵挂，是如期而至的晚安。

还好，最终遇见彼此，你们都懂得了爱。

这世上总有一个人是一经遇见就再不能割舍的。
遇见之前，所经历的一切都是为了等待。
而遇见之后，所经历的一切都是为了相守。

冰冰曾为爱情设下许多标准，
但最后与她牵手的烁海，却是标准之外的那一个。
遇见他时，长相、体重、有没有身骑白马、
是不是才高八斗都不重要了，只知道，
一件无可挽回的事终于在自己的命运中发生了。

你想要的美好，终会如约而至

曾经说好的永远，不知怎么就散了，也许你自己都不清楚是什么原因把彼此分开的，只是，很久之后的某一天，忽然就醒悟了，原来感情是那么的脆弱，它经得起风雨，却经不起平凡；风雨同船，晴天却各自飘散。

那些曾经美好坚定的誓言最后都脆弱如气泡，一触就破。兜兜转转爱过几个人，最后身旁还是空无一人。一个人生活了很久，但是要习惯一个人生活，却并不容易，深夜寂寞翻滚时，也希望思念能够有所寄托。

从出生开始，你就在人海中穿流而行，人们行色匆匆，在你的生命中来了又走，你会与很多人擦肩而过，而有一小部分人留了下来，在你的生命中留下深深浅浅的印记。

据说，人一生会遇到无数的人，而两个人相爱的概率是微乎其微的，遇见那个人，是和中彩票一样幸运的事情。

走了不少弯路后，终于遇见了那个对的人，是什么感觉?

有人说，是一个人生活的日子里，那些所受的委屈和心酸，至此全部都有了交代；有人说，是突然领悟，自己所经历的一切，原来都是为了对方的出现而做的铺垫；有人说，是从噩梦中惊醒后发现窗外竟是童年梦想里的仙境。

也有人说，虽然走了许多弯路，一直还没有遇到那个对的人，但只要一直抱着期许向前走，总有一天会遇到对的人，带着一片暖阳闯进自己的世界。

那个人，就像你丢掉的另一半一样。你见到他的那一瞬间，一切都已经被预设好，感情、印象，都已经储备到位，只等你轻触那个点亮的开关。你说的每一句话他都懂，你谈论一个话题他就明白，你一交代关键词他就能感应到方位。

那真是一个盛大的奇迹。认识他之前，你生活在南极或格陵兰群岛，全世界的人都和你有时差。你说的话，他们过了一晚，搁凉了，放坏了，也就忘了。

而这个人呢，他不一样，他和你在同一个经纬。神说有了光，就有了光，你们是对方的神。奇迹会发生在相信奇迹的人身上，这句话千真万确。

在这个世界上，不是所有的美好都能按照你的愿望存在或实现。你会心痛，会难过，会绝望，但即使明天天寒地冻，路远马亡，也要相信你终究会遇到属于自己的美好。

每个人一生一定会遇到某个人，他打破你的原则，改变你的习惯，成为你的例外。遇到这个人的时候，一切繁复的表象都会褪去，一切喧嚣的浮世都会变得静好、简单。

简单到在对方面前再也无须刻意讨好，无须处心积虑，无须耍心机手段，无须防范戒备，也无须步步为营。只觉得，就是他了，只需共同携手用心的经营感情就好。

爱情是沉睡在每个人心底的魔力，每一次唤醒皆为奇迹。即使以为自己的感情已经干涸得无法给予，也总会有一个时刻，有一样东西，拨动心灵深处的弦。毕竟，人不是生来就享受孤独的。

在经历失去喜欢的人、错失美好的事、得不到想要的快乐之后，才开始相信，我们所拥有的不过是此时此刻。只要你内心坚定，没有恐惧，该失去的都会失去，该得到的终会得到。

终究会有一个人，出现在你的生命里，陪你走过风雨煎熬，伴你共度孤独艰难，最后在平淡的流年里，在你身边默默地看着你笑。

你会恍然大悟，原来自己想要的美好，终究会如约而至。

我们都是一群在爱情里跌跌撞撞、四处碰壁的人，
受伤也成长，期待着能遇到一个真正合适的、
不会离开的人。所以不愿意将就、也不愿意被安排。

世界那么大，如果有人对你的爱不屑一顾，
那肯定也会有人将你的爱小心珍藏。
冰冰曾经撕心裂肺地爱着一个人，
却又被另一个人温柔以待。原来命中注定的人，
无论中间经过多少曲折，终会相遇。

遇见一段美好，从此铠甲离身

你也曾单纯美好，不设防地，张开双臂迎接各种美好。然而，由于一次伤害，你穿上了厚厚的铠甲，从此负重前行，刀枪不入，美好也再难近身。你也或多或少听说过一些伤害，所以提早防备，将相遇交给警惕和提防。

因为曾被背叛，所以选择远离信任；因为曾遇虚伪，所以选择远离真诚。这样的因果选择，只会让你越来越偏离生活中那些率性的美

好。你越来越害怕被伤害，身上的铠甲也注定越穿越厚。

但是，若伤害无法避免，带来的当是成长，而不是胆怯。因经历的或者听说的伤害，你就背着铠甲前行，犹如因噎废食。

失恋的人最痛的心结，也许不是某个人的离去，某段感情的猝死，而是对未来再也找不到那么好的人的恐惧。放眼望去，很难找到更好的替代者，于是便产生了强烈的错觉——再也不会爱上别人了。

很多时候，你担心的并不是遇不到一个更好的人，而是兜兜转转了好久，遇到一个更好的人时，却已背负了太多沉重的记忆，伤痕累累，累觉不爱。

于是你得到了最惨的结果，上段恋情，全心投入，结果重伤。于是这次恋爱怕受伤，就很保留。这意味着：上次那个伤你的人，得到最完整的你，而这次这个发展中的情人，得到一个很冷淡的你。

你说你只是想保护自己，但这若是做生意，这店一定做不长。永不再来的恶客，得到最好的服务；而新客上门的，却备受冷落，这店怎么不倒?

有许多人被爱情伤过，不再相信爱情，但实际上，这些人是最懂爱的。因为受伤，所以才会懂得；因为失去，所以才去珍惜；因为背叛，所以才知道忠诚。这些人看上去冷漠，其实都有一颗最缺爱的心。

别让自己在一段关系中死去。在这漫长的一生里，你除了会经历爱与被爱，也难免遭遇失望、欺骗与被抛弃。这些糟糕的经历让你变得失落、沮丧、绝望，甚至自暴自弃。但好在世间所有的危机都是转机，未曾皆大欢喜的都不能算作结局。

世界上没有绝对的幸福，如同不存在绝对的爱情，幸福的人和不幸的人随时都在调换着位置。分手和牵手的随时都在变换着主角，来来往往，离离散散，这就是爱情。

没有谁是谁的过客，只是无法停留太久。有人曾牵手但不会到最后，就像刚好在赶不同的列车，可能就与缘分失之交臂，抑或是原本以为能长久同行的人，结果提前下了车。

看似遗憾，但人生海海，总要允许有人错过你，才能赶上最好的相遇。一段感情的结束，也正意味着即将会有一场新的爱情开始。

爱很磨人，却也能磨炼人。说要等“对的人”的时候，自己可能也不知道怎样才是对的人，只有当那个人出现，你才会知道，他应该就是那个对的人，他在你生命中出现，是为了圆满你，也让你完善自己。所有你爱过的那些错的人，虽不圆满你，却也完善了你；他是你的磨难，却也是你的磨炼。

生命不是为开头和结尾准备的，你享受的是过程，吞咽食物是为了填肚子，咀嚼才是真正的享受人生。

不要惧怕开始，它们是每一场旅程的火车，你登上了，才有机会去往另一个地方。

要准备开始，不要否定每一种可能，惧怕是你心里的影子，结束的事就结束。相信自己，总有更好的事在等待发生。

你不妨试着敞开心扉，给自己一个去爱的机会，敢于卸下厚厚的铠甲，以本真去对待彼此。我们孤单地来到这个世界，都是为了找到一个人，能对自己好，如果有一个人对你特别好，请一定好好珍惜。

经历过什么，去过哪里，爱过谁，
有过怎样的恩怨纠葛，这些都会一直跟随着你，
在漫长的未来里成为你的养分，
那些走过的岔路，也总有一天会殊途同归。

地球为什么是圆的？是为了让失散的恋人再重逢。
不管冰冰曾经被伤得有多深，
总会有一个人的出现，
让她原谅之前生活的所有刁难。

世间所有的相遇都是久别重逢

那些觉得恋恋不舍的好年纪，多半是因为无忧无虑，且身边有一个喜欢的人。因为年轻，感情中的张弛有度哪里懂，爱了，就扑上去，哪里知道怎么爱一个人，哪里知道怎么对一个人好。

也因为年轻，除了爱，一无所知，所以不经意间就弄丢了对方。当时光流逝，兜兜转转，不知道那个人还会不会等你？

缘分很奇妙，两个人不过萍水相逢，有时候一次回眸就会产生悸

动。当你遇见了这样一个人，相遇的瞬间空气就凝固了，每一个细节都好像被放慢，你能看见他眼睛里闪烁着澄澈，嘴角略微上扬的弧度，也感觉到自己的心跳越来越快。

那个人好像有一种磁场的吸引力，就这样将你定在了那里。或许因为这样的感受，所有的细节都被放大，让你处于一种微妙的时空中。

可是，这一切的小心思，不想让对方发现，紧张到有些不知所措，说话也语无伦次。因为感受到太多，使你脸颊不由自主的泛红。这样的悸动，是那个年少而懵懂的青春印记，让你在很多年以后，还会记得真真切切。

从此以后，那个人就闯入了你的世界，他的喜怒哀乐都牵动着你。不知道为什么，看书的时候，看着看着就想起了他，一个人偷着傻笑；听歌的时候觉得所有动听的情歌，都唱出了你的心情；看电影的时候，看到的不是剧情里的故事，而是看到你们之间发生的故事……

会突然想到他，好奇他在做什么；也写过很多信给他，写在纸上，写在心里，可都没有寄出去。爱情最美妙，也最煎熬的时候，就是彼此喜欢，可是都默契的彼此不说。

有时候世界很小，不想见的人逛个超市都能碰见；有时候世界又很大，想见的人却没有再见。你们各奔东西，再也看不到对方的身影，然后各自开始新的生活。

彼此都已不再是当年懵懂的小孩，在生活上开始独立，能够很好的照顾自己；在工作上经过磨炼，变得更成熟；在感情上也遇见很多人，可再没有当初那份悸动的简单和纯粹。

这样一年又一年，在漫长的光阴里，再也没有遇见过。他好像在你的人生中缺席了，可却完美无缺地住在你的心里。于此，你觉得这是一件浪漫的事情。

曾经以为，浪漫是能够奋不顾身去爱一个人，其实，浪漫是能够放手给他自由，却默默把你留在心底。

每个人都走在抵达幸福的路上，可常常会怀疑，那个所谓的幸福终点是否真的存在。所以，有的人在半路就下了车，有的人踟蹰不前停在原地，而你依旧向前行走。往往经历过不幸，才知道什么是幸福，就好比遇见过错的人，才知道谁是对的人。

然后在某一天，你们真的重逢了。那一刻，仿佛又回到了当初第一次遇见的时候，那种悸动的心绪，让你感觉快要落下泪来。你们互相傻笑，开始漫谈彼此缺席的这些年，然而一切的感受，让你觉得这个人其实从未缺席过你的人生。

尘世中，尽管人来人往，但更多的是生命中的过客，只能算遇见，遇见之后再遇见，那是重逢。

重逢，是指彼此走进对方的心灵世界，有初见的惊悸，有对视的惊惶，有乍逢的惊喜，有久别的欣喜，就像邂逅了前世的情人。

人的一生都在不断遇见和告别。只不过，让人伤心的是，有些遇见可能只是遇见，有些告别就真的告别了。而有些人说了无数声再见，下定决心头也不回地离开，以为就这样消失在人海尽头。结果绕了一圈，还是重逢了。

这时，你开始庆幸地球是圆的，命运是奇妙的，彼此是分不掉的。

你以为你们的相遇是一场意想不到的巧合，其实你们一直活在彼此的心里，从来没有离开过。所谓久别重逢，你应该明白，只有愿意重逢的人才会在茫茫人海中翻山越岭，直到所有的千言万语被风吹散，只为对你说一句“好久不见”。

是那份对爱的坚持，让你们重逢了。这时你终于可以理直气壮地告诉他：这些年我没有等你，可也没有将就；他也终于有机会和你说：谢谢你，远道而来；谢谢你，不曾改变。

谢谢彼此，原来都还在这里。

经历过的每一种生活，都有各自匹配的细节；
每一段爱情，都有不同酝酿的进程。
爱情从来都是互相欣赏，在两座山头互望成风景。

随着年龄的增长，冰冰终于领悟到爱一个人，
就算用一辈子的时间,还是会嫌不够。
遇见烁海的时候，她庆幸，
自己已经学会恰如其分地表达示弱、付出独处，
从容不迫地经营一段感情了。

爱情会迟到，但从不会缺席

木心说："最好的生活状态是冷冷清清的风风火火。"爱情的状态也应该如此，冷冷清清地保持自己的孤独，远离喧嚣；风风火火地保持对事物的热情，追求所爱。

要找到一个人摆脱单身是一件非常容易的事情，但是如果要找到一个相伴一生的人，是真的很难。也曾为那些经历长久等待、终成眷属的爱情感动过。不只因为故事动人，更因为对爱情的一份执着。那个时候的你，向往的不过是这样一段刚刚好的爱情。

可是不知道从什么时候开始，找寻爱情的耐心越来越少。越来越难以忍受单身的状态，于是每当一段感情结束，就像扑火的飞蛾，迫不及待地飞向下一盏灯。

当发现这盏灯下并不是自己喜欢的那一款，回首望去，原来的灯也熄灭了，而前方还是举目黑暗，越发茫然。也可能你游戏人间，从不孤单，在情场中游刃有余，却忘记了那种单纯喜欢的感觉。

这个世界，好像每个人都很着急，遇上对的人着急去爱，感觉不对了又着急争吵。于是，很多人都仓促地分道扬镳，平静了一些日子，才恍然当初脚步匆匆。

很多时候，或许应该慢一点，别拿情绪当头绪，静一静，很多东西也就没那么艰难了。

随便找一个人共度一生，很可能是用痛苦取代孤独，就像脚底发痒，索性截了肢，你不会干这么蠢的事，可是在爱情里，人往往很容易变蠢。

喜欢吃炸酱面，但因为饿了，于是塞下一包薯片，又吃了几个橙子，以为这样也管饱，但最后还是想吃一碗炸酱面。千万不要因为着急而浪费了缘分，千万别让不合适的人，带走了最好的你。

如果你单身很久，茫茫人海中仍然找不到那个他，也不要慌不择路随意挑拣。再等一等吧，因为排解寂寞的爱情，往往只会为你带来一身疲惫。

如果你刚刚失恋，更加不要急着仓促奔赴下一个路口。一个人生活一段时间，收拾好在上一段感情里被揉碎了的状态，重新感受那个久违的真实的自己。

给爱情和生活自然成熟的机会，就像红酒一样，它们都需要在时间的培育下慢慢地发酵，真正的财富和情感都不会速成，没有经过岁月历练的红酒，口感怎么能好？

生活和爱情都是一个自然而然的过程，虽然突发的不幸会摧垮人，可突然的幸运也会让人有排异反应，当你的能力够不上你的奢望，至少现在，可以把步子放得慢一点，走得稳一点，对彼此的信心多一点。

有多少人能够从大别墅里体验到小房子的温暖与可贵？有多少人能够从速成的幸运里品尝被时光烘焙出的幸福的感受？有时候，走太快不见得是好事，生活和爱情，都得等它慢慢熟。

每个人都应该学会丰盈自己的生活，只有这样才不会总被无聊与空虚侵袭，才不会总将生活的希望寄托于他人的陪伴与填充，才不会总在聚散离合中心怀忐忑。

不必着急，先让自己神采飞扬，再遇见那个美好如诗的他。追随你的，是爱与信仰，成就幸福的，是知而选择。当你独立自信，当你充满了对爱的热情与耐力，你就能守候到更满意的幸福。

爱情，有千百万种样子。你或许抱着侥幸的心理想要一一尝试，可是亲爱的，当对的那个人从天而降时，你会发现，这世上姹紫嫣红你都看遍，其实只是为了这个人的出现。

或许你还是一个人，或许你已经遇到了那个对的人。总之，要相信，爱情会迟到，但不会缺席。

即使一个人的时候受了诸多的委屈，总会有一天，那个迟到的人会走到你的面前，摸摸你的头说一句：从今以后，有我一生陪你。

人与人相遇的一瞬间，就是一个故事的片段，
其中蕴含着爱、错过和懊悔等宏大的主题，
当然最重要的，这一瞬间也蕴含着希望。

当你不再相信爱情时，生活总会带来小惊喜。
与烁海相遇，就像是在赴一个偶然中必然的约。
没有早一步也没有晚一步，一切都是那么自然，
自然到不知不觉已经住进冰冰的心里。

每一种孤单，都因一次相遇不药而愈

也许生命的美在于遇见，不知道这一生会遇到多少人，也不知道会有多少倾心的相遇。也许这世上有很多人都可以惊艳你的时光，但愿意留在身边，直到慢慢温柔你的岁月，陪你哭，陪你笑，陪你等待，陪你花开，一生也许只有那么一个。

你是否幻想过这样的画面：在人来人往的地铁里，每天都会有无数的人与你擦肩而过，但就在某一天、某一站、某一时刻，你遇见一

个人，他是千万人中的其中之一，但又独立和隔绝于千万人之外，你一眼就注意到了他，他好像与所有的人都不同。

他的眼睛清澈，嘴角有时会微微上扬，他的每一个细微的表情都能波动你的心弦。你们明明是萍水相逢，却有说不出的熟悉感，总觉得似曾相识。他缓缓地向你走来，你觉得这一刻好像有一个世纪那样长。然后他抬头，正好撞见看他的你，露出微笑。

这个世界上最美的邂逅，就是当你看他的时候，他也正在看你。顾城有一首叫《门前》的诗：我多么希望，有一个门口，早晨，阳光照在草上。我们站着，扶着自己的门窗，门很低，但太阳是明亮的。草在结它的种子，风在摇它的叶子，我们站着，不说话，就十分美好。

就在这一瞬间，你感受到那种，看到一个人的第一眼，心里就微微颤动，一种打从心底溢出的难以抑制的兴奋感和幸福感。

很多人和你一样曾用想象无数次的构建过属于自己的遇见，它千姿百态地存在于脑海里。人有时在某种极度快乐的状态下，会真挚地祈求上天让这一刻停留，然后情感因子便肆意作祟，让人欲罢不能的开始衍生出天长地久的念想。

是的，每个人都在期待一场邂逅。

当你遇见他的那一刻，你全身的每一寸细胞都开始跳动，感觉有什么东西悄悄的在你心里生根发芽了。你不用知道他的名字，他的电话，他的住址，他的生活圈子，你只知道此刻悸动的心，和出现在你面前的他。

爱情从天而降，就像照相机的闪光灯，会在瞬间爆开，无论有没有心理准备，眼前都会有一刹那的漆黑，短暂而美好得如同流星划过天际。

城市很大，茫茫人海，是否真会有一个人，懂你所说的一切，懂你的生活，懂你爱听的音乐，懂你爱看的电影，懂你一些可爱的小行为，懂你的所有喜怒哀乐……

许多人一生也不曾遇到心灵相通的人。有的是因为不相信，有的是因为很早就放弃了。他们宁愿每天把经历消耗在与不适合的人争吵上，宁愿常常上演琐碎而无聊的闹剧，也不愿去相信和期待，那个与自己心灵相通并使自己变得更好的人。

但是，你还是愿意去相信。以前你向往狂风骤雨，现在更多是想要内心的安宁。

所谓遇见对的人，其实是经营自己的过程，并且在遇见之前，尽力让自己成为一个更好的、更优秀的人。

走到了，就碰上了，无论相不相见，仍然要好好过这人生。

这样，当某天你们相遇，才有勇气告诉他：你真的很好，但我也不错，我喜欢你，真巧。

缘分，是一个悬而又悬的东西，你相信，它就存在。在这座城市里，你每天都会与无数的人擦肩而过。有缘的人即使在这个路口错过，还会在下一个路口再遇见。

仔细想一想，你来到这个世界上大概就是为了一个人，而在遇见这个人之前所经历的一切都是匆匆路过，都不过只是为了遇见、爱上所埋下的导火索，而他就是那颗威力十足的炸弹。

如果说，这一生最幸福的事是你终会遇见他，那么你应该希望，可以早点遇见他。

谁不是翻山越岭去相爱，
但至少在感情里有一些自己的坚持——
等到那个人，才算完整。
等待是一种美好的状态，
因为它包含了无数的可能性。

幸福不会永远缺席的，对所有人来说，
都是这样。遇见了烁海之后，
冰冰觉得“如约而至”是一个那么美好的词，
等得很苦，却从不辜负。

等得很苦，却从不辜负

有的人相信缘分，相比那些不相信它的人来说，这类人更能够经受得起漫长光阴的等待、寂寞的磨炼和孤独的侵扰。年少时，常常听人说“我等你”，总觉得是一件很浪漫的事，后来，真正经历了等待，才发现一切并没有那么简单。

成熟后置身于社会，会越发对爱情充满渴望。没有了来自父母的关怀，曾经在意的朋友也不见了，日子就像翻了一页般重新开始，自以为已经准备好接受孤单的生活，可是无数个四顾无人的黑夜，都在提醒着你要尽快逃离。因为孤独，总是能毫无缘由的让人变得脆弱。

等待总是磨人的东西，不知道最后等来的是如愿以偿，还是大梦一场。爱情的次序是先到先得，可人总是后知后觉。

爱情，拼的不是实力，是时机，是缘分。如果时机不对，缘分不巧，就算你倾尽一切，也不如别人什么都不做。

不要给自己后悔的机会，馒头和鸡腿都可以填饱肚子，馒头来得很容易，鸡腿需要等，如果坚持不下去，就只能啃着馒头羡慕别人手里姗姗来迟的鸡腿。虽然不知道这只鸡腿什么时候来、会不会来，可是在等待的过程里，你已经想象过它的味道了。

不知道那个人什么时候来，甚至不知道他会不会来，可对你来说，这样的等待，已经是爱了。等待从来不是一种约定，也根本没得选择。等待就是爱情本身。

并不是因为觉得一定会等到那个人，也不是想拿这份等待去换取什么。只是因为当认定一件事的时候，等待就会像身体需要心跳和血液一样，让人毫无意识地等下去，所以你愿意等。只是因为在这漫长的时光里，那个人是所有感情和思念的归宿，所以你愿意等。

若最后他能来，风雨流年只当是恩赐；若等待无望，就让自己饮去岁月山河，变得更成熟。命中有缘，等待自会让一切花开结果；无缘也罢，就让等待成为掩埋思念与记忆的土壤。

总有一天，泪水会洗净伤口，时光会照耀明天，回头望尽天涯路，对自己的人生没有半途而废，也没有对自己说谎。

真正的等待，是不执着结果，也不囿于承诺，是在漫长的时光里，心里安静美好地住着一个人，他没有造成生活与成长的阻碍，他只是让等待与思念，都有了可以当作终点的归宿。

美好的事物需要等待，也值得等待。如果连那个将要与你共度余生十年、二十年、三十年、五十年的人都可以将就，那人生里已经没有任何值得期待的东西了。

没遇到他之前，等待的过程也许是漫长的，但恰恰因此可以从容地填充生命的色彩，静静地品尝充满期许的甜蜜。

如果坚持是一种态度，还是要相信阳光带来的温度，相信泪光中闪烁着丰盛细腻的感动，以及相信，这个世界有许多和你一样笃信爱情的人。

总会有一天，在拥挤的城市喧嚣中，你会在一个下着小雨的阴天猝不及防地遇见他，像是素未谋面的久别重逢。

他为你打开了尘封许久的心扉，再次让你感受到了温暖和爱的热度，让你体会到这个世界不再只是你孤身一人，在灯火阑珊的某个角落，仍然有一颗炽热的心，如同你一样思念着彼此。

那种感觉不言而喻，每次想到都会无端流泪，不是因为矫情，而是因为你想到那些日子在等待中尝尽的煎熬，和如今得到的回报比起来，根本不算什么。这一切都是值得的，你会感激自己的等待，你谢谢那个人，总算出现了。

就像歌词里写道：终于等到你，还好我没放弃，幸福来得好不容易，才会让人更加珍惜；终于等到你，差点要错过你，在最好的年纪遇到你，才算没有辜负自己，终于等到你。

有时候相爱也是一种机缘，与其爱得炽热浓烈，
不如爱得恰到好处；
与其渴望命中注定，不如一场恰逢其时。

冰冰并不是特别喜欢哪一种类型的人，
如果说喜欢，她喜欢的只是烁海。
她喜欢在嘴上说，你是我的，
得意地看着烁海。然后偷偷在心里说，
我是你的，再有小小的窃喜。

春夏秋冬该很好，因你尚在场

年轻的时候，大概总忙着谈恋爱，想生生死死的爱一个人，就爱一个人，以为两个人就会天荒地老，也许那时只想谈恋爱，反而不知怎么爱了。

总以为，在未来的日子里还会遇到更好的，可是时光残忍，岁月无情，抓不住的缘分总是转瞬即逝；总以为爱是这个世界上最得心应手的事情，可多年之后才发觉自己依然没有从这里毕业，说到底是荒芜了时光，耽误了自己。

等到明白爱是怎么回事了，却再也没有人可以爱了。

你不是担心无法遇到爱人，而是害怕自己已经不能再爱；不是担心在爱的路途中跌跌撞撞，而是害怕心灰意冷后半途而废；不是担心为爱受尽伤痛千疮百孔，而是害怕把爱变成了目的和工具冷漠麻木。

哪有人喜欢孤独，只是不想失望罢了。

但是，如果没有人为了“我们”再次勇敢，那是多么遗憾；独自看到美景而无人分享，那是多么遗憾。故事里没有恒定的等式，也没有必然注定的结局，任何的举动都会带来之后的蝴蝶效应。

最好的东西，往往是意料之外，偶然得来的。

拍照的时候，挑了一大堆精心搭配的衣服，顺便又带了一套衣服。谁知道照片拍出来之后，效果最好的不是精心挑选的那几套衣服，而是顺便带去的那一套。

约了朋友在商场里面等，比约定时间早到了一点，于是随便逛逛，谁知道在这短短的时间里，找到了已找了一个多月的一款鞋子。

把几组心爱的号码填在彩票上，填好之后，手上还有一些零钱，于是胡乱填一张，谁知道中奖的就是这一张。

你努力认识新的人，但是每一次，不是你不喜欢，就是人家不喜欢你。后来，无意间参加一次聚会，谁知道竟然遇到了你要找的人。

不知道为什么，他出现的那一刻，让你没缘由的觉得，仿佛你等他很久了，且十分笃定他就是那个，你要等的人，很奇怪，也曾心动过，却不似他这样，让你这么笃定，敢跟时间打一场赌，确定自己会赢，确定他就是那个对的人。

所有的一切是那么相见恨晚，却又恰逢其时。

你遇见他时，没有巨大的浪漫，也没有重大的感动。然而生活，总是由小浪漫和小感动组成，回想时，却常常有温暖。所谓的爱情就是这样，让你爱时顺利，回忆时温暖。

你们的恋爱，既不甜蜜也不美丽，也没有很多惊喜，只是单调平凡，没什么特别的普通恋爱，但是你们两个都付出了真心，真心相爱，也许那是你在人生中，不会再发生的，最像电影一样的事。

世界上很多的爱情形式，无论以什么样的途径，什么样的方式开始这段爱情，但是所有深爱的瞬间，都是在你心灵受伤，他给你上药的那一刻。所有深爱，都来自于你低落到觉得世界只有自己的时候，而他恰好向你伸出手来。

所以，不到最后一刻，千万别放弃。最后得到的好东西，不是幸运，有时候，必须有前面的苦心经营，才有后面的偶然相遇。

请相信，总会有一个人来找你，无论你是在繁华的都市，还是身处茫茫的山野，无论是在绚丽多彩的繁华里，还是在洗尽铅华的朴实中，都会有一个人最终与你相遇，那么过去的一切不再重要，重要的是与之携手的将来，眼前的幸福会轰轰烈烈，但那个陪伴走过以后路途的那个人，需要细水长流。

这个世界，准点到达变得越来越难，比如约会、航班、爱情。如果路途遥远，这个人却准点到达你的身边，不要怀疑，那属于你的缘分，到来了。

图书在版编目（CIP）数据

谁的爱情不是九死一生 / 沈诺夕著 . —北京 : 现代出版社 , 2017.6
ISBN 978-7-5143-5481-2

Ⅰ . ①谁… Ⅱ . ①沈… Ⅲ . ①散文集—中国—当代 Ⅳ . ① I267

中国版本图书馆 CIP 数据核字 (2017) 第086544号

谁的爱情不是九死一生

著　　者	沈诺夕
责任编辑	赵海燕
出版发行	现代出版社
通讯地址	北京市安定门外安华里 504 号
邮政编码	100011
电　　话	010-64267325 64245264（传真）
网　　址	www.1980xd.com
电子邮箱	xiandai@vip.sina.com
印　　刷	吉林省吉广国际广告股份有限公司
开　　本	880 × 1230　1/32
印　　张	8.5
版　　次	2017 年 9 月第 1 版　2017 年 9 月第 1 次印刷
书　　号	ISBN 978-7-5143-5481-2
定　　价	39.80 元